Пасе Вина

Приключения фэнтези
Том 2

Том 2 «Приключений фэнтези» – это продолжение серии рассказов автора о необычных приключениях персонажей рассказов. Где бы не происходили действия, главные герои, а вместе с ними и читатели, переживают невероятные истории, связанные с кладами, загадочными существами и фантастическими местами.

Вина, П. (2023). *Приключения фэнтези* (Том 2). Калгари, Альберта: Эдукейшн Корп.

ISBN 978-1-989531-58-7

Формат:	книга (мягкая обложка)
Язык:	русский
Автор:	Пасе Вина
Издатель:	Эдукейшн Корп.
Дисклеймер:	эта книга опубликована так, как была подготовлена автором и на языке оригинала; все истории и персонажи в книге – вымышленные

Благодарность

Слава Богу за все, за вдохновение и возможность закончить роботу над этой книгой.

Спасибо моей семье за их поддержку.

Спасибо читателям за чтение этой книги.

Содержание

Люди-птицы

1

До 2010-го года я был просто беззаботным веселым Клаусом Шульцом, студентом Берлинского технического университета. Как мог учился на инженера и мечтал поскорее закончить свое образование, чтобы начать самостоятельную жизнь без опеки родителей и без шумных и надоедливых студенческих компаний, которые сопровождали меня повсюду как рыбы-прилипалы в океане сопровождают больших рыб.

У девушек популярностью я совсем не пользовался, поскольку был ярким блондином, с голубыми глазами, которых в Германии хватает. А в ту пору даже у наших однокурсниц в моде были итальянцы, смуглые, кудрявые и похожие на Эроса Рамазотти. Все они равнялись на Мишель Хунцикер и мечтали повторить ее судьбу, каждая со своим Эросом. Это давало мне некоторое преимущество в виде свободного времени, которое я охотно проводил с товарищами у теннисного корта или с родственниками на загородных фермах.

Мне оставался последний год до выпуска из универа и последние студенческие каникулы. Чтобы они запомнились навсегда, мой друг и однокурсник итальянец Джузеппе Молли, предложил мне и Курту Шварцу (нашему отличнику и всезнайке) поехать к нему в гости в Тоскану на виллу его родителей в Тиррении у самого берега Средиземного моря и в 40-а минутах от знаменитого города Пизы. Он обещал нам показать падающую башню, попить с нами пива, сходить на дискотеку, а также позагорать на море пока его предки целую неделю будут заняты в Англии оформлением какого-то наследства.

Курту идея сразу понравилась. Он уже был в Италии раньше и знал, что еда и отдых там на высоте. Мне было все равно куда ехать из Германии, тем более, что всего на 7 дней и я тоже согласился из соображения, что увидеть пизанскую падающую башню своими глазами будет никак не лишним для общего развития. Итак, собрав свои походные рюкзаки, мы отправились в Италию.

Судя по погоде, это было не самое подходящее время для отдыха, поскольку жара не спадала с утра и до позднего вечера. Температура на градуснике показывала отметку +40 C° и без бутылочки воды даже не стоило выходить на улицу. Обычно в Италии такая жара в июле, но тогда было только 14-ое июня. Поэтому я настроился перенести все стоически, а через неделю с багажом прекрасных воспоминаний и с яркими фотографиями с солнечной Италии вернуться домой.

Я не капризничал и не сердился, что друзья уговорили меня на эту поездке. Было в ней что-то загадочное, обещающее интригу и приключения. С самого начала, как только мы оказались на итальянской земле, меня охватило непокидающее чувство «*déjà vu*». Мне было приятно как бы снова побывать в этих местах, увидеть знакомые виноградники, тоннели, насквозь «прогрызшие», романские горы, несмотря на то, что раньше я никогда еще здесь не был. Я был рад оказаться тут еще и потому,что на долю Италии приходится около 80-ти процентов всех мировых культурных ценностей и достопримечательностей, прикоснуться к которым, хотя бы беглым взглядом – это уже само по себе здорово!

2

Навигатор помог нам оптимизировать наш маршрут, поэтому в Тиррению мы добрались в тот же день, точно по нашему расписанию. Заботливые родители Пеппе (от полного имени Джузеппе) оставили своему любимому сыну забитый до отказа холодильник, а также наглаженное до неприличия нижнее белье с носками и носовыми платками на месяц вперед. Это насмешило не только меня, но и Курта. И тогда, сконфуженный

Пеппе, попытался нам объяснить, что все итальянские родители так пекутся о своих детях, даже если «детям» 50 лет, пока они не женятся. Это нас рассмешило еще больше и тогда мы в один голос спросили: «Так, зачем же вообще жениться?»

– Да ну вас; вам бы только смеяться, – ответил, тоже смеясь, Джузеппе, – я вам покажу настоящую Италию, и посмотрим как вы потом запоете! Завтра же и начнем!

– А сегодня? – спросил Курт.

– Сегодня уже поздно. Разве, что только после ужина ознакомительная прогулка к морю, а вот завтра, прямо с утра мы поедем в Пизу. Там будет два дня проходить праздник в честь защитника и покровителя города Святого Раньери.

– А это обязательно? – включился я.

– *Mamma mia*, с кем я связался? Никакого уважения к зрелищам – покачал головой Пеппе, – никакого интереса к веселью. Да знаете ли вы, что на этот праздник готовят тысячи огней и подсветок на десятках зданий, которые зажгутся с наступлением темноты, и темнота отступит! Это – Люминара! А в полночь с 15-ое на 16-ое июня на площади Гарибальди в небе рассыпятся сотни ослепительных салютов, зазвучит музыка и радостный крик понесется по всем улочкам старенькой Пизы.

– Если так, то мы берем свои слова обратно, кто же от салютов откажется, правда Курт? – обратился я к другу за поддержкой.

– Точно, мы согласны, с таким-то холодильником аппетит где-то надо нагуливать – продолжал дразнить Пеппе Курт.

– Вы, друзья мои, очень даже его нагуляете, когда поучаствуете лично в шествии рыцарей средневековья в тяжелых доспехах и посоревнуетесь в «играх на мосту» – это 100 % проверено мной лично, – смеясь сказал Пеппе, но это будет послезавтра 16-го июня. Я буду с вами в одной команде, так уж и быть, чтобы вы не сбежали!

– А «игры на мосту» – это хоть не на деньги? – спросил Курт, – у меня лишних нет.

– Вот, темнота, прям непроглядная темень! – не остался в долгу наш итальянский друг. Это спортивные игры – перетягивание каната, к примеру. Также будет регата. Все, больше я вам ничего не скажу. Вы все увидите своими синими глазами, а мои карие будут вас направлять в нужные меридианы.

– Минуточку, – вмешался я. Я не буду участвовать в том, чего не знаю. Что за регата? Какая наша функция в ней?

– Ничего от вас не скроешь! – разочаровался Пеппе. – Регата – это веселая традиция на реке Арно устраивать соревнования между бывшими морскими республиками: Пизой, Венецией, Генуей и Амальфи. Ваша роль – поддержка нашей пизанской команды. Команды на соревнования прибывают каждый на своей лодке своих местных цветов. Состоит команда из 8 гребцов и одного рулевого, как было принято во время республик. Лодка Пизы будет красного цвета с орлом на корме. Амальфи узнаем по голубому цвету и крылатому коню впереди. Лодка из Венеции отличается зеленым цветом и своим символом – крылатым львом. А лодка Генуи покрашена в белый цвет с драконом на носу. Все они должны проплыть два километра и кто выиграет получит приз. Теперь ясно?

– Да – ответили мы и стали настраиваться на вечернюю прогулку к морю.

На следующий день Пеппе приготовил нам кофе с бриошем на завтрак и пока солнце еще не накалилось, как раскаленная сковорода, разбудил нас в 7 часов утра, личным исполнением арии «*O, sole mio*». Полусонные, мы кое-как привели себя в порядок и поехали в Пизу на праздник Сан Раньери.

Начать наше знакомство с городом, Джузеппе предложил с площади Мираколи или, в переводе, площади Чудес. Там уже с самого утра было так много народа, что, казалось, люди просто никуда не уходили оттуда со вчерашнего дня. Это же неимоверно, чтобы все сразу так рано просыпались и шли на экскурсию. Видимо не зря эта площадь получила свое название.

Она буквально притягивала к себе бурлящие потоки туристов, а те охотно верили рассказам жителей Пизы о том, что здесь могут происходить настоящие чудеса. Например, по местной легенде, если пройтись босиком на рассвете по влажной от росы траве, и загадать желание, оно обязательно исполнится. Может, поэтому люди стремились не пропустить рассвет.У меня тоже возникло по ходу свое, хоть и маленькое, но искреннее желание поближе увидеть всемирно известную падающую башню Пизы. Когда мои друзья ненадолго отлучились, чтобы заказать нам всем чего-нибудь попить, я решил подойти поближе к той самой Пизанской башне.

3

Я стоял напротив 57-и метровой стройной красавицы в восемь этажей и как зачарованный слушал ее историю, которую в деталях рассказывала итальянская девушка-гид. Худощавая, узколицая, с орлиным носом и длинными кучерявыми волосами, она казалась мне некрасивой и не соответствующей, такой общеобразовательной работе, поскольку формировала у слушающих ее туристов, не стереотипное представление обо всех итальянках. Однако по мере того, как девушка естественно погружала нас в хронологию событий вокруг падающей башни, от ее рождения и до сегодняшних дней, складывалось впечатление, что она лично присутствовала при этом совсем недавно, а не 845 лет назад. И уже через пятнадцать минут, я не знал, что меня интересует больше «*la torre pendente*» или сама экскурсовод. Я переводил свой любопытный взгляд то на нее, то на башню, стараясь ничего не пропустить.

Увлеченные туристы затаив дыхание, внимательно слушали как башня с самого своего основания начала наклоняться вниз, поэтому ее достроили до третьего этажа и решили отложить работы, чтобы проанализировать чертежи и правильность всех расчетов. Только через 100 лет Пизанская красавица приобрела тот вид, который она имеет сейчас. Но при этом упрямица ни на один день не прекращала крениться в сторону.

Тогда в 1993-м году городские власти Пизы принялись распрямлять «сгорбившуюся синьорину». Они убрали из-под нее 70 тонн мягкого грунта и насыпали вместо него более твердый. Также, Пизанскаую башню окружили стальными тросами на целых восемь лет и держали в этих «оковах» пока наклон непокорной любимицы города не сократился на 45 сантиметров (до позиции на 1838-й год).

Я приблизился к экскурсоводу, чтобы внимательно ее послушать, и то и дело поднимал голову вверх, чтобы полюбоваться шедевром архитектуры,который она с душой темпераментно описывала. Экскурсия почти подошла к концу, когда я снова резко поднял голову, чтобы рассмотреть птицу, пролетающую над башней и вдруг почувствовал как почва «уходит» у мены из под ног. Я упал на землю как лист бумаги, который поставили на землю вертикально и отпустили. Кто-то хотел вызвать скорую помощь, а девушка гид подошла ко мне и спросила:

– Вы здесь один? Может быть вас проводить или вызвать такси? Это была моя последняя экскурсия на сегодня, я могу вам помочь.

– Большое спасибо, вы очень любезны, если бы вы могли проводить меня в кафе, я бы чего-нибудь выпил – думаю, что я немного обезвожен – воспользовался предложением я.

– Да, конечно, если вам это поможет. Пойдемте, здесь рядом.

По дороге девушка спросила как я себя чувствую и представилась:

– Я – Габбьяна или просто Габби – это значит чайка, по-итальянски. Вы ведь иностранец… Откуда вы?

– Клаус Шульц, я – студент из Германии. Приехал к другу в Тиррению погостить на неделю.

Мы зашли в маленькую кафешку, я заказал Лимонад из свежего лимона на двоих, и мы продолжили начатый разговор

– Всего лишь на неделю? Мало, чтобы познакомиться с Италией – заметила Габби.

– Я думаю, это только начало, разминка. Я приеду сюда еще, чтобы вас послушать. Вы очень хороший гид, мне понравилось как вы вели экскурсию. Вы как будто проживали ее, столько деталей, которых, уверен, не найдешь в интернете… – искренне восхитился я.

– Спасибо, Клаус, – очень приятный отзыв, я долго училась этому ремеслу.

– А вы могли бы посоветовать, что здесь можно было бы еще посмотреть. Я слышал как Пизу называли городом одной достопримечательности. Но мне кажется – это несправедливо.

– Конечно, у нас достопримечательности на каждом шагу. Вы уже были в городском саду, на площади Кавальери, на Лунгарно, в Кьезе ди Спина или, скажем, недалеко отсюда, в Ливорно?

– Еще нет.

– Тогда походите пока что по Пизе, а через три дня у меня в Ливорно будет экскурсия в сантуарио, в старинный храм «Мадонна ди Монтенера». Если хотите послушать, то можете присоединиться к моей группе из Бари. Там очень красиво.

Вдруг, зазвонил телефон:

– Где ты? Мы оставили тебя на несколько минут и уже с полчаса тебя ищем. Кстати, мы звонили тебе раньше, но ты не отвечал, – возмутился Пеппе.

– Успокойтесь, я зашел в кафе, здесь на площади, а телефон я просто не слышал, потому, что на площади было шумно. Я сейчас перешлю вам координаты, подходите и вы.

Тем временем Габбьяна выпила Лимонад и поднялась, чтобы уйти:

– Я рада, что ваши друзья вас нашли и вы будете под их присмотром, – сказала она. – А мне пора. Спасибо за Лимонад.

На последок она протянула свою визитку и добавила, что, если я надумаю ехать в Ливорно, я могу ей позвонить.

– Можно я позвоню вам раньше? – нерешительно спросил я.

Габбьяна заулыбалась и кивнула головой в знак согласия.

Через десять минут появились Пеппе и Курт. Они принялись меня «учить», как себя вести в незнакомом городе. Я молчал и думал о своей встрече с итальянской девушкой по имени Чайка. Что-то в ней было необычное, что-то, что влекло к себе и мне хотелось еще раз ее услышать и увидеть.

«Пронто! Клаус, о чем мечтаешь?» – спросил Пеппе.

– Просто задумался – ответил я.

– Предлагаю пойти для разнообразия в «*Giardino Scotto*», оттуда пройтись вдоль реки Арно и посмотреть приготовления к празднику. Потом можем поехать домой пообедать и приготовиться к завтрашней рыбалке, а вечером, часов в восемь снова вернуться сюда, на Люминару и записать на смартфон артистов на ходулях, послушать музыку, поесть сладости, специально приготовленные к этому дню, дождаться салютов и затем в люлю, – внес ясность в планы Джузеппе.

Так мы и сделали. Вернулись домой, пообедали. Я взялся готовить перловку и снасти для рыбалки, а также садок, стулья и т.д. Курт и Пеппе пошли копать червей, чтобы можно было ловить не только вегетарианскую рыбу, но и ту, которой по вкусу «деликатесные» блюда. Когда все было готово, мы снова отправились в Пизу, не забыв затариться пивом Хеннекен, которое все втроем очень любили. Мы сделали классные фотки и видео, после чего отправились домой. Я сразу пошел на боковую перед завтрашней рыбалкой рано утром, а Курт и Пеппе решили сыграть партию другую в шахматы, чего-нибудь пожевать и попить пивка на сон грядущий.

4

Ровно в 5 нас разбудил нещадный будильник. После легкого завтрака с изумительно ароматным эспрессо, каждый приготовил себе бутерброд на рыбалку. Мой состоял из ветчины, масла, кусочков сыра пармезан и тонко нарезанным свежим помидором. Из холодильника мы также достали по бутылке воды в предвкушении предстоящей жары.

Пеппе достал перловку из холодильника и стал искать червей.

– Курт, ты не видел червей? – спросил Пеппе.

– Видел.

– Где они?

– Ты не помнишь?

– Нет.

– Оно и к лучшему… – загадочно сказал Курт и замолк.

Пеппе немного постоял, пораскинул мозгами и вспомнив вчерашний вечер и пасту с вонголами, помчался пулей обнимать унитаз после того как нашел вонголи нетронутыми в холодильнике. Поскольку червей у нас не оказалось, по дороге на рыбалку мы заехали в магазин «*Tutto per pesca*».

К счастью, с клевом нам сильно повезло. Мы не успевали вытаскивать сардину и барракуду. Когда мы наловили полный садок, то отпустили всю рыбу снова в море.

Вечером мы решили идти на дискотеку в Марину ди Пиза. Я позвонил Габбьяне и пригласил ее присоединиться. Она согласилась, и когда мы встретились, я познакомил ее с моими друзьями. Мне было приятно наблюдать за Габби. Она танцевала легко и грациозно, как балерина из «Щелкунчика».

– Клаус, а когда ты успел познакомиться с итальянской синьориной – допытывались мои друзяки.

– Нет, вы только на него посмотрите, а еще говорил, что никому не интересен – подшучивали надо мной Курт и Пеппе.

Вскоре, мы с Габби ушли с дискотеки, чтобы побродить вдоль моря и подышать свежим ночным воздухом.

– А ты хотела бы переехать жить в другую страну, например, в Германию – спросил ее я.

– Я могу всегда поехать туда, куда захочу, я объездила весь мир, но моя миссия жить здесь.

– Миссия? Что ты имеешь в виду?

– Как говорят мои английские туристы, «*east or west, home is best*", то есть мой дом – здесь, – ответила, немного замявшись, девушка, но мне показалось, что на самом деле, она хотела сказать что-то другое.

– Габбьяна, у тебя есть жених? – робко спросил я.

Она улыбнулась и ответила, что не видит пока, что в этом смысла и ей еще нужно строить карьеру

– Тогда можно я буду твоим другом?

– Мы как будто уже подружились, и на «ты» перешли, так что мы – друзья.

Потом она посмотрела на смартфон и ласково продолжила, – … но сейчас уже поздно и мне пора возвращаться домой.

Я вызвал такси и отвез ее на улицу Корридони, а сам поехал в Тиррению. Всю дорогу я копался в себе и пришел к выводу, что влюбился в Габбьяну по самые уши.

5

Пеппе и Курт пришли уставшие под утро и сразу после душа как по команде пошли спать. Я же взяв с собой ласты, маску и полотенце отправился мечтать на море. Я обратил внимание как мне легко дышится в Италии. Здесь был какой-то особенный воздух добра и любви. Он передавался от одного человека к другому и в результате все улыбались и охотно общались друг с другом. При этом никто не чувствовал неудобства, стеснения или конфуза из–за того, что его неправильно поймут. Все тянулись друг к другу везде, где только можно: на автобусных остановках, в магазинах, больницах и т.д. Никто не чувствовал себя одиноким. Это меня оптимизировало и придавало уверенности в себе. Я перестал переживать о том, что обо мне подумают или скажут. Я открыл в себе новый источник энергии – любовь. Ее хватало и на Габбьяну, и на друзей, и на родственников, и просто на случайных прохожих, которые попадались мне на глаза.

Когда я вернулся вечером с моря, мои друзья играли в монополию и едва заметив меня, набросились со своими шуточками.

– Клаус, мы тут с Куртом подумали, какие у вас с Габбьяной дети получатся и пришли к неутешительным результатам, – сказал, заливаясь смехом Пеппе.

– Я вижу вы с Куртом времени зря не тратили. Так может вы лучше скажите, какие у вас с Куртом дети получатся? – также смеясь ответил я.

Пеппе и Курт набросились на меня и стали меня щекотать приговаривая, что дети у меня будут как Пьер Ришар один в один. Я схватил подушку и стал от них отбиваться, пока из подушки не полезла искусственная вата.

– Причем тут Ришар? Он вообще-то француз – наконец, задал я им, волнующий меня вопрос.

– Да может он и француз, но ты думай теперь, что это твой пример, «*team leader*» – разошлись не на шутку мои дружки. – Вот сам посуди, – говорили они, – ты ведь блондин «гладкошерстный», а твоя Габбьяна кудрявая брюнетка. Значит вывод один – дети будут кудрявые блондины как Пьер.

– Ах, какие вы кретины! Габбьяна даже на ужин не захотела идти со мной, а вам уже детей подавай!

– Ладно, мы просто пошутили. Мы все понимаем. Так и быть, дадим ей еще один шанс, а тебя научим правильным приемчикам, которые любят здешние итальянские девушки – сказал Пеппе со знанием дела.

– Это другое дело, – ответил я. – Никто не откажется от хорошего совета. Итак…

– Итак, ты ловишь момент, смотришь ей прямо в глаза и говоришь: «Габбьяна, ты мне нравишься до смерти, я в тебя влюбился с первых мгновений, как только увидел. Ты – самое лучшее, что мне встречалось когда-либо в жизни. Я хочу тебя»… И сразу начинай ее целовать, чтобы она ничего тебе не успела сказать, чтоб у нее рот был закрыт понимаешь? – увлекся Пеппе, – давай покажу как.

– Нет, пожалуй не надо, я все понял и так, – я отошел подальше от Пеппе.

– А я думаю, фразу «я тебя хочу» надо исключить, – вмешался Курт.

– Ты неправильно думаешь, – поправил его Пеппе. – Из песни слов не выкинешь. Иначе ничего хорошего из этого не выйдет! Тут посмелее надо! Девушки любят наглых и дерзких!

– Ладно, спасибо. Я подумаю над всем, что вы мне сказали. Я как раз скоро еду в Ливорно с Габбьяной. Не желаете присоединиться? – спросил я уже успокоившихся друзей.

– *No, amico* – третий лишний – сказал Пеппе, – мы с Куртом завтра едим в Вольтерру.

– А что там интересного? – полюбопытствовал я.

– Оу, там все интересное, ведь это же город на горах. Ты можешь посмотреть его позже, это недалеко отсюда на автобусе Ливорно – Пиза, а потом пересадка на Понтедера – Вольтерра. Но ехать желательно с утра, – объяснил Пеппе.

Я позвонил Габбьяне и узнал остается ли в силе экскурсия в Ливорно. Она подтвердила, что ее планы не изменились и мы договорились уже конкретно о встрече, чтобы вместе ехать в сантуарио.

6

В назначенный день я взял машину на прокат и заехал за Габби на улицу Корридони. Мы ехали по хорошей прямой дороге в Ливорно и слушали душевную итальянскую музыку по «Радио

Италия» время от времени комментируя, судьбу исполнителей песен.

Пели как раз Джижи Алессио, Анна Татанжело, Бьяджо Антоначчи и Альбано Карризи. Песни были о страстной любви, верности и счастье.

– Странно, как люди могут петь с такой искренностью про верность и любовь, если они сами эту верность не ценят, – сказал я, обращаясь к Габбьяне.

– Это ты про Джижи Алессио или про Альбано Карризи?

– Наверное и о том и о другом

– Не суди так строго. Они поют о том, о чем мечтают и, что по ошибке потеряли. В жизни много соблазнов и ошибок. И человек не всегда может устоять против них, особенно если это касается его «ego» и он думает, что заслуживает большего. Но это не значит, что ошибки ему самому нравятся или он ими гордится. В большинстве случаев наши необдуманные поступки способны причинять боль не только нашим близким, но и разрушать нас самих, в первую очередь, если не сделать верных выводов – поделилась своим мнением Габбьяна.

– Ты такая молодая, а уже такая мудрая – сказал я, – поэтому ты должна понять все, что я тебе сейчас скажу… Короче, я хотел тебе сказать… я всю ночь думал как я уже совсем скоро уезжаю, но я уверен, что я мог бы остаться с тобой здесь навсегда. Я полюбил тебя с первого взгляда и теперь не представляю как смогу жить без тебя. Я думаю каждую минуту только о тебе. Но я понимаю, что у тебя твоя жизнь, твои чувства. Просто скажи, есть ли у меня надежда, шанс что ли… Что мне делать с моей любовью? – горячо произнес я.

– Клаус, прежде всего успокойся и положись на время. Оно всегда все расставляет на свои места. Любовь – это такое прекрасное чувство, которое люди получают в подарок с небес и не каждому смертному оно известно! Поэтому сохрани его, не «расплескай» понапрасну налево и направо. А когда придет твое время, ты встретишь хорошую девушку и отдашь ей свою любовь и будешь самым счастливым человеком! – серьезно сказала Габби.

– Но зачем мне другая девушка? Речь о нас с тобой.

– Именно так, и я не могу безответственно разбрасываться обещаниями и надеждами. Как ты правильно сказал – у меня есть моя жизнь и от нее зависит не только моя судьба.

– Я понял, у тебя есть жених – грустно заключил я.

– И сто лет назад его съел старый хищный орел. Тогда мы были просто влюбленной, безрассудно воркующей, никогда не расстающейся парой белых голубей. Мы не задумывались над опасностями, мы были увлечены собой и нашим счастьем. Мы летали наперегонки куда глаза глядят. И однажды мы оказались в степях, где не было деревьев и домов, где мы могли бы укрыться и передохнуть. На открытой местности мы были видны как на ладошке.

Тут и появился хищный степной орел и стал нас преследовать. Я выбилась из сил и отстала от моего жениха. Когда он оглянулся и увидел, что орел совсем близко, он вернулся назад и бросился камнем на орла. Он клевал его куда попало, пока я не скрылась из виду. Но орла это просто забавляло и вскоре, наигравшись обессиленной птицей, он умело за секунду, зажал его крепко в своих цепких лапищах и потащил себе на обед – задумчиво закончила свой рассказ моя спутница.

– Да, печальная сказочка, но я ничего не понял.

– Это хорошо, просто забудь о том, что ты мне сказал и о том, что я тебе рассказала и будем просто хорошими друзьями, договорились? – нежно спросила она.

– *No problem*, – ответил я и подумал, что, наверное, все итальянцы фантазеры и выдумщики. Они мелят, что попало и в этом и есть их прелесть!

7

Возле фуникулера уже собрались туристы из Бари. Они ждали своего экскурсовода Габбьяну, чтобы подняться вместе на гору Монтенеру и узнать все о старинном храме в честь «Мадонны ди Монтенера», поскольку он считается святым местом, и сюда приезжают паломники изо всех уголков Италии и обращаются с просьбой о помощи к Мадонне. В основном семьи, в которых долго нет детей, но которые потом появляются, судя по оставленным на территории храма розовым и синим бантикам в стеклянных коробках, а также по письменным отзывам счастливых родителей.

Беспилотные вагончики доставили нас наверх и мы оказались на мощеной площади, где с правой стороны виднелась длинная ступень на другую площадь, принадлежащую большой внушительной церкви, ставшей наследницей интересной правдивой истории, которая началась в 1345-м году во время празднования Троицы на этой самой горе.

Габбьяна рассказала как на этом празднике один бедняк случайно нашел чудотворную икону Девы Марии и отнес ее на самое высокое место на горе Монтенера. И люди стали туда ходить и молиться. Вскоре местные жители построили там часовню, а потом и церковь. Вначале ее взяли под свою опеку францисканцы, за ними иезуиты, потом театинцы, которые в 1720 – 1744-х годах ее прилично расширили и украсили богатыми декорациями.

Люди всегда приходили в эту церковь с надеждой на чудо. Они верили в исцеляющую силу этого места потому, что в этот период было замечено несколько явлений Мадонны и ее чудесной помощи жителям этого города, который сегодня называется Ливорно…

Габбьяна еще много говорила о загадочных катакомбах, расположенных в окрестностях храма, о памятниках, о редких птицах, живущих в этих горах, о реставрационных работах и о ремонтах, связанных с оползнями этой горы, и еще о многом другом.

Когда экскурсия закончилась, туристы разбрелись в разные стороны. Мы вначале пошли к киоскам, где продавались сувениры. По дороге к Габбьяне подходили разные люди и спрашивали ее то об одном, то о другом на разных языках. Она разговаривала с ними без труда на английском, французском, немецком, арабском, китайском и славянских языках, чем еще больше удивляла меня с каждой минутой.

– Сколько языков ты знаешь, – удивленно спросил я.

– Сто, – без ложной скромности ответила Габби и расплылась в улыбке.

– Ясно. Видимо, цифра 100 – это твоя любимая цифра. Сто лет, сто языков, сто килограммов, сто километров – подметил я. – Что касается меня, если тебе интересно, я говорю на пяти языках свободно и латынь знаю так себе: пишу и читаю, на ней сейчас, к сожалению, ни с кем не поговоришь. Люди придумывают разные искусственные языки, но забывают прекрасный, естественный, хорошо сформировавшийся и зарекомендовавший себя на практике в грамматическом, фонетическом, и других смыслах латинский язык – поделился я наболевшим.

– Не могу с тобой не согласиться, дорогой Клаус – ответила Габби и указала на витрину сувенирного киоска, к которому мы только, что подошли.

– Выбирай себе что-нибудь на память о сегодняшнем дне, – предложила она.

Я с удовольствием выбрал две тоненьких серебряных цепочки с маленькими медальонами. Один со «Всевидящим Оком», а другой с изображением храма.

– Один сувенир тебе на память, а один мне, – протянул я Габбьяне руку с цепочками на выбор.

Она взяла себе ту где висел медальон с храмом и сразу одела ее на шею. Я сделал тоже.

– Вот мы здесь почти все и увидели… Кроме моря и маленьких домиков внизу. Хочешь посмотреть? – спросила Габби.

– Хотелось бы уже все просканировать, раз уж я здесь – ответил я.

– Тогда нам нужно подняться немного выше – сказала девушка и взяв меня за руку, повела в то место, откуда Ливорно казалось как будто нарисованным на бумаге, городом лилипутов в детской сказке, с дорогами-ниточками, маленькими домиками, крошечными машинками и морем, похожим на круглое озерцо, по которому медленно двигались малюсенькие баржи и плыли еле заметные корабли.

Неожиданно у меня сперло дыхание. Мы находились не на шуточной высоте! Итальянцы, горячие головы и бесстрашные сердца! Даже здесь отличились! Построили такое великолепие прямо под облаками!

Однако я всегда любил только море, а высота – это не моя стихия. Но поскольку я был в обществе дамы, то притворился, что я от всего в восторге и что мне не хочется отсюда уходить (мне и в самом деле хотелось побыть с Габбьяной подольше). Пока мы были здесь, это было возможно. Как только бы мы спустились вниз, Габби сразу бы сослалась на кучу дел и оставила меня одного, поэтому я удерживал ее тут как мог. По ходу дела, я обратил внимание на другую гору, правее от нас и огороженную сеткой рабицей, чтобы в случае камнепада или оползней, она должна была предотвратить их попадание на пешеходную дорожку.

– А ты знаешь, что на этой горе? – спросил я у Габби.

– Да, там несколько могил местным священникам и ближе к вершине, заросли леса и дикие животные, – ответила она.

Мне хотелось произвести впечатление на любимую девушку и я поддался какой-то неведомой силе, которая увлекала меня вверх. Габбьяна быстрым шагом следовала за мной, без конца напоминая, что нам пора возвращаться.

Эта гора мне действительно нравилась. Она была поделена на небольшие террасы, огороженные невысокими кирпичными заборчиками и вокруг росли дикие цветы и зеленая сочная трава.

Я повернулся к Габби, чтобы разделить с ней свои эмоции и поблагодарить ее за то, что она показала мне это место. Вдруг небо затянулось серыми дождевыми тучами и пустился легкий дождь.

– Сегодня утром синоптики обещали ливень в Пизе, но он может быть и здесь, нам нужно поспешить вернуться назад, – сказала Габбьяна и, развернувшись начала спускаться вниз.

Я тоже повернул обратно и стал идти вслед за ней. Совсем ни кстати, дождь набирал обороты. Очень быстро из накрапывающего легкого дождика он превратился в обильный ливень. Размокла земля под ногами. Теперь она была скользкой и могла бы соревноваться с ледовой дорожкой или хоккейным полем. Двигаться вниз с горы стало практически невозможно.

Я поскользнулся и неудачно упал головой на частично торчащий, из земли камень. А затем не в силах подняться, подгоняемый ветром и дождем, я покатился вниз как мячик, цепляясь на ходу за все подряд - растения и предметы, которые встречались на моем пути. Серая вуаль сплошного дождя ограничивала видимость на несколько метров вперед. Отбросив всякий стыд и стеснение показаться слабым Габбьяне, я принялся ее звать изо всех моих сил. Но никакого ответа не получил.

К этому времени, травма головы, видимо, давала о себе знать. У меня стало двоиться в глазах, я почувствовал сильную слабость во всем теле и соответственно, следующая моя попытка подняться на ноги не увенчалась успехом. Тем временем, по некоторым очертаниям впереди, я успел заметить, что меня отнесло на отвесную сторону горы, выступающую прямо над морем. Еще одно мгновение и я скатился бы вниз с огромной высоты и разбился бы.

Внезапно, прямо надо мной, появилась Габбьяна. Она крепко прижала меня к себе и оторвала от липкой и вязкой горы. За ее плечами я увидел огромные серые, блестящие крылья, которые смело рассекали густой и мутный туман. Время от времени я ловил на себе нежный взгляд моей Габбьяны и был несказанно счастлив, что мы вместе.

8

Меня разбудили громкие голоса, доносившиеся откуда-то по соседству. Я напряг слух и понял, что диалог между мужчиной и женщиной происходит на латыни. Обрывки фраз и голосов, долетавшие до моих ушей, не принадлежали никому из моих знакомых. Они больше напоминали металлические голоса роботов, которые устанавливают на автоответчиках телефонов. Не надеясь на успех, я все же сосредоточился, чтобы разобрать общий смысл чужого диалога. Вскоре по содержанию разговора, я догадался, что женский голос принадлежал Габбьяне. Она оправдывалась скорее всего, перед старшим по положению мужчиной за то, что спасала жизнь человеку и только поэтому дерзнула привести его сюда. Она клялась, что всего лишь выполняла свой долг…

– Ты подвергла нас всех опасности, ты нарушила нашу тайну – настаивал на своем мужской голос.

– Он ничего и никогда не вспомнит после травмы головы, я лично об этом позабочусь – утверждала Габбьяна. – Людям никогда не постичь нашу тайну…

Я решил встать с постели и подойти к двери, чтобы ее приоткрыть и лучше разобрать слова. Но вдруг, что-то необъяснимое без рук и без ног, невидимое и необычайно сильное, отшвырнуло меня обратно на кровать и придавило так сильно, что мне нечем было дышать и я стал задыхаться. Этот бестелесный страж немного отпустил меня и я увидел перед собой дребезжащий воздух, как тот, который видно, если посмотреть над горящим огнем.

«В самом деле, она права, – подумал я, – узнать их тайны – невозможно».

Я решил не нарываться и сделал вид, что полностью успокоился. Тем не менее, я принялся быстро изучать место, в котором я находился. Это была круглая комната, усыпанная сверху до низу драгоценными камнями, без окон и без видимых дверей. Моя постель тоже казалась круглой как птичье гнездо с пухом и перьями вместо матраца.

Открытие было шокирующим и я решил снова прислушаться, чтобы извлечь какие-либо спасительные аккорды для себя и для Габби. Тем временем, судя по звуку, ее собеседник стукнул чем-то по столу и вынес свой вердикт:

– Пятьдесят следующих лет ты не будешь показываться на земле среди людей. Жить, отныне, отправишься на безмолвные вершины гор, где не ступает даже лапа зверя. Добывать себе пищу будешь подобно птицам в дикой природе.

– Отец, – взмолилась Габбьяна, позволь мне хоть иногда спускаться к морю, дикие птицы тоже рыбу ловят.

– Один раз в неделю, – ответил тот.

От такого сурового наказания, к которому из-за меня приговорили Габби, сердце мое защемило от боли, из груди вырвался стон, а из глаз потекли колючие слезы. Это закончилось тем, что я совсем ослаб. Чтобы немного успокоиться и восстановиться, я прикрыл веки и неожиданно заснул глубоким сном.

9

«Воды, дайте кто-нибудь воды, молодому человеку плохо» – кричала пожилая дама, а ее маленькая собачка подтявкивала ей в унисон. Кто-то подошел ко мне и бесцеремонно брызнул в лицо холодной водой. Я открыл глаза и сел, а затем спросил у женщины с собачкой:

– Что все это значит?

– Мы нашли вас без чувств, здесь, на площади Мираколи, молодой человек. Вы, наверное, перегрелись на солнце. Вы помните что-нибудь – спросила синьора.

Вместо ответа я спросил у нее который сейчас час. Она ответила, что уже шесть вечера. Я ее поблагодарил за все и мы разошлись как в море корабли.

Без денег, без телефона, без каких-либо документов, я вернулся в Тиррению и Курт с Пеппе напустились на меня с порога:

– Где ты был? Мы всю площадь Мираколи прочесали, а ты как сквозь землю провалился. На телефонные звонки не отвечаешь… Мы волновались за тебя, все же ты гость в Италии, потеряешься, где тебя искать? Так где ты был все-таки?

– Прямо сейчас я приехал с площади Мираколи. Там какая-то женщина привела меня в чувства. Говорит, что я в траве без сознания лежал. «*Apoplexia solaria*» – солнечный удар, типа, случился. Но сегодня с утра, как я вас и предупреждал вчера вечером, мы с Габбьяной договорились поехать в Ливорно…

– Стоп, стоп, стоп, – затараторили мои друзья; – по порядку давай. Какая Габбьяна? Когда ты уже успел познакомиться с синьориной?

– Когда? Примерно три дня назад, – ответил я.

– Ты что, в самом деле перегрелся? Мы же только вчера приехали сюда. Тебе надо передохнуть и все пройдет – забеспокоились они. – Это перемена климата, ты же, как альбинос у нас – нежинка; солнце только таких и поджаривает.

– Ладно, проехали. Сейчас пойду в душ, а потом вернусь, готовьте ужин. Есть хочется. Не забудьте красное вино, я пиво не буду.

– Бене. Хороший знак, приготовим тебе бистекку с вином, а нам с Куртом с пивом, – закопошились мои друзья возле холодильника, а я пошел собираться с мыслями.

Мне вдруг вспомнился американский фильм «День сурка», когда главный герой несколько дней подряд просыпался в один и тот же день и каждый раз события повторялись в малейших деталях до тошноты, но для всех остальных это был новый день и они не могли помнить, что он прокручивается кем-то уже не в первый раз. Никто не верил, что подобное возможно, пока главный герой не доказал обратное и не изменил сам судьбу окружающих и свою собственную.

«У меня тоже должны быть доказательства, что я не свихнулся, а моя любовь и встреча с Габби так же реальна, как я сам. Мне нужно вспомнить все в подробностях, что я делал в последние дни» – решил я, – «и постараться не давать повод Пеппе и Курту думать обо мне как о «пациенте» перегретом на солнце; они должны отдыхать и думать о себе, а не решать чьи-то проблемы, разве что… незаметно для них самих».

Я вышел к столу бодрый и полный жизненных сил, что очень обрадовало моих друзей. Пеппе объявил, что завтра рано утром мы идем на рыбалку и они с Куртом пойдут копать червей, а я должен дома приготовить перловку, снасти, стулья, садок и т. д.

«Да, кажется со мной сейчас происходит не день, а неделя сурка. Следующей будет шахматная партия с пивом после которой Пеппе и Курт сожрут наживку для рыбы…» – с досадой подумал я.

Вопреки моим ожиданием, вернувшись в дом, друзья решили поехать во Виареджо и пригласили меня тоже потусоваться с ними на знаменитом проспекте, уходящем прямо в море, с милыми кафешками и барами вдоль всей освещенной, как днем, стометровки для развлечений. Я охотно согласился, но отметил, что это не подтверждает мою теорию про « День сурка».

Домой мы вернулись за полночь и наживку, таки никто не съел. Рыбалка тоже прошла по-другому. Мы наловили кое-какую рыбу, но зато насобирали устриц. Все это пригодилось нам для супа и спагетти на обед, а еще для того, чтобы пожарить оставшуюся рыбу в муке на ужин. На следующий день мы поехали во Флоренцию, культурную столицу Тосканы.

К этому времени я дошел в своих воспоминаниях до того места, как мы с Габбьяной были в Ливорно в храме Мадонны ди Монтенеро. И после экскурсии я купил две тоненькие серебряные цепочки с разными кулонами. Габбьяна взяла себе тот, на котором был изображен храм, а мне достался кулон со «Всевидящим Оком». Я помню как мы сразу одели наши цепочки на шею. А сейчас у меня не было ничего ни на шее, ни в карманах, ни в сумке, нигде.

«Скорее всего мне придется согласиться с тем, что столь нещадное для не привыкших людей солнце сыграло со мной злую шутку в чужой стране. В Германии такого бы со мной не случилось. Там даже солнце «по струнке ходит»…» – так раздумывал я, прощаясь со своими невероятными приключениями и искренней любовью к прекрасной итальянской девушке по имени Габбьяна или просто Габби, в переводе Чайка.

Поезд из Флоренции доставил нас на железнодорожный вокзал в Пизе. До маршрутного автобуса в Тиррению оставалось 35 минут и мы пошли в открытое кафе на площади Виктора Эммануила II. Там, не спеша, переваливаясь с ноги на ногу, как шхуны во время морской качки, бродили от столика к столику сытые голуби. Посетители постоянно баловали их крошками от своих пирожных, булочек, кебабов и т.п. Многие голуби не боялись есть прямо с рук людей и те, в свою очередь чувствовали себя некими миссионерами, делающими добро братьям меньшим. Кое-кто приходил на площадь специально покормить голубей и среди местных иммигрантов ходило поверье, что если человек потерял работу, надо идти к голубям, кормить их и новая работа скоро появится. Мне очень нравилось наблюдать за этими разноперыми, светлыми и темными, сизыми и белыми завораживающими и убаюкивающими птицами. Я думаю, что их не зря выбрали и назвали символом мира. Они внушали мир и спокойствие и избавляли людей от ненужных тревог.

10

Раннее утро, лучи авроры, щебет птиц и запах пьянящих цветов… Открываешь сердце, распахиваешь душу навстречу новому дню, новым планам и новым надеждам.

Я собирался весь предстоящий день посвятить морю. Поэтому завел будильник на шесть часов утра, чтобы спокойно выпить чашечку кофе и незаметно ускользнуть из дому. Однако вместо ожидаемого писклявого «голоса» моего будильника, меня разбудил негромкий, но настойчивый стук в мое окно. Я встал с кровати и медленно подошел к оконной раме. На подоконнике сидел маленький тощий голубь. Я пошел на кухню за хлебом, затем вернулся и осторожно распахнул одну половинку моего окна и протянул руку с крошками голубю. Птица приблизилась к моей руке и вместо того, чтобы забрать еду, она выбросила что-то из своего клюва прямо мне в ладонь. Потом прошлась по подоконнику и взлетела в небо. Я посмотрел на свою руку. Там вместе с хлебными крошками лежала тоненькая серебряная цепочка с кулончиком со «Всевидящим Оком». Я сразу понял все.

На следующий день, дождавшись своих друзей к завтраку, я торжественно объявил им о своем решении остаться жить в Италии. Джузеппе был на седьмом небе от счастья. Курт возмущался от неожиданности.

Но в итоге, с тех пор я живу в Пизе. Я закончил университет уже здесь и стал успешным инженером. Курт уехал в Америку и работает там. Джузеппе удачно женился и воспитывает двух хороших сыновей. Они меня часто навещают, а иногда мы вместе ходим на рыбалку. Только один день в неделю я занят абсолютно для всех. Я провожу его дома и жду когда ко мне на подоконник прилетит маленькая серая голубка и снова постучит в мое окно. Я широко его распахну и она залетит ко мне в комнату, в гости. А я поглажу ее и скажу: «Пока живу надеюсь, что еще когда-нибудь встречу мою Габбьяну».

Кучерявая змея

Мастерство Асклепия было настольго сильным, что он научился воскрешать мертвых людей. Однако это не понравилось Зевсу, и верховный бог поразил Асклепия молнией. Из уважения к Асклепию, греки стали почитать змею как символ жизни (из греческой мифологии).

1

Лето – это самое прекрасное время года для большинства людей на земле. Для Сильвана Ковака, парня 25-и лет, теплые месяцы с буяющей зеленью природой, пением соловьев, порханием бабочек и ароматом миллионов цветов ассоциировались с раем на земле. Поэтому накануне своего летнего отпуска он взял в руки популярную в его городе Ламанске еженедельную газету «Маяк» за 20-ое августа 1989-го года, чтобы посмотреть прогноз погоды на обозримое будущее, а также просмотреть рекламы морских курортов и в целом пробежаться по местным новостям и событиям в мире. Сильван вообще всегда очень любил прессу. Когда-то, будучи подростком, он даже записывал наиболее интересную информацию в тетрадь, а затем пересказывал ее своим друзьям, чем доставлял им большое удовольствие. Со временем он стал делать газетные вырезки и это превратилось в хобби. А в будущем парень планировал написать целую книгу обо всех событиях периода его молодости и оставить ее в наследство своим детям, чтобы те могли читать историю, так сказать, из первоисточника. Это же так интересно! Все, кто знал Сильвана считали его эрудированным, воспитанным и общительным человеком. Он мог поддержать любой разговор в любой компании. Не было ни одной новости и темы дня, которой он бы не владел, в том числе и эксклюзивной. Например, о том, что какое-то время назад, в пустыне Сахаре 30 минут шел снег, или о том, что появились новые альбомы Led Zeppelin, Pink Floyd, ABBA, Chris Rea и т.п…

В этом году Сильван искал организованный отдых где-нибудь в горах или, лучше, на море. Но сегодня в «Маяке» подходящих опций не было. Наоборот, он наткнулся на объявление, в котором приличные туристические фирмы приглашали всех любителей тихой охоты, то есть тех, кому нравиться собирать грибы и ягоды, провести свой отпуск здесь, в лесах Ламанска. Престижные операторы брали на себя организацию таких туров за приличные деньги. «Вот тебе, пожалуйста, я ищу приключений где-то за горизонтом, а люди платят огромные деньжищи, чтобы приехать сюда и побродить по лесу… «А ведь это хорошая идея! Вначале нужно хорошо изучить свой край, а потом ехать в дальние дали…» – подумал молодой человек и твердо решил провести свой отпуск на родных меридианах.

2

Ранним воскресным утром в комнату Сильвана вместе с пением птиц и первыми лучами ласкового солнца донеслись мажорные нотки маминого голоса. Это Карина Павловна разговаривала со своей младшей сестрой Ланой, тетей Сильвана из столицы. Радость и восторг как у племянника, так и у его мамы вызывал уже сам факт того, что вечно занятая у себя на работе Лана, им звонила. А сегодня она сказала, что собирается вообще на будущей неделе приехать к ним в гости и провести несколько дней в кругу семьи.

– Приготовим к приезду Ланочки ее любимые грибы по-польски, испечем «Медовик», сделаем оливье… – сказала Карина Павловна за завтраком.

– И еще соберем букетик из лесных цветов и трав, Ланка их обожает. Благо, что я иду тоже в отпуск с понедельника; времени будет много и я смогу не спеша бродить по лесу с корзинкой и лукошком, – подхватил инициативу Сильван.

– Сынок, ты только один, пожалуйста, туда не ходи, чтоб не заблудился. Ты ведь уже года 4 как там не был. А за это время, люди говорят, лес сильно изменился: и проливные дожди лили такие, что посмывали вытоптанные тропы, и ураганы летали так, что деревья ломались под корень… Да и зверей, похоже, больше развелось, особенно диких кабанов и волков. Чтобы приготовить грибы для Ланочки, мы можем просто пойти в магазин и купить их на развес.

– Ага, а запах, а привкус разве мы купим? Это же будет грубая подделка и настоящий гурман, такой как наша тетя, нам этого не простит! Я предложу Игорю Шторму пойти со мной в лес, он знает там каждую стежку-дорожку. Во всяком случае всегда этим хвастается за игрой в шахматы, и говорит, что ведет здоровый образ жизни, питаясь только дарами леса и свежей рыбой. Думаю он не откажется пополнить свои «закрома», а заодно составить мне компанию.

– Было бы хорошо, – согласилась Карина Павловна и предложила сыну подумать еще об одном небольшом дельце, – о косметическом ремонте в их квартире, к Ланиному приезду.

3

Свежий ветерок разносил по лесной чаще упоительный запах диких трав и цветов. Лучи солнца разрезали густые тени, отброшенные сочными листьями ветвистых деревьев, подпирающих своими острыми верхушками ясное, безоблачное небо. После чистого и теплого дождика, накрапывавшего накануне вечером, со всех сторон полезли грибы самых разных мастей и казалось, что они сами просились в лукошко.

Были там и подосиновики, и подберезовики, и белые, и шампиньоны, и многие другие. Не отставали от них и налитые от влаги соком зрелые ягоды: ежевика, клубника, земляника и голубика. В этом году они были как никогда в изобилии. Игорь с Сильваном едва успевали их собирать и укладывать в корзинку. Не поднимая головы друзья мчались наперегонки вперед пока не наткнулись на пенек.

Тогда они решили немного перевести дух и подкрепиться. Сильван достал из рюкзака сало, молочную колбасу с хлебом и бутылку воды. Игорь вытащил из своей сумки огурцы, помидоры, вареные яйца и бутылочку хорошего красного вермута.

Подкрепившись и немного отдохнув, грибники решили еще с полчасика пособирать дары леса, и возвращаться назад, чтобы успеть до наступления темноты. Они условно обозначили себе участки для трудового десанта и разошлись – Игорь влево, Сильван вправо. Пройдя несколько шагов вперед, Сильван вдруг спиной почувствовал, что он не один. Выпрямившись и оглядевшись вокруг, он заметил в пяти метрах от себя длиннющую, уходящую в бесконечность, жуткую змею. От страха он замер на месте.

Змея тоже стала в позу словно кобра и медленно раскачивалась по сторонам, готовясь к броску. Раньше Сильвану доводилось видеть разных змей и ужей в деревне, где жила его бабушка, и где он провел все свои школьные каникулы, но такую страшную – никогда, даже в кино. Своим видом и окрасом рептилия напоминала тканый бардовый коврик с зигзагообразной желто-красной полоской на спине и с непонятным утолщением на шее. Оно могло бы сойти за капюшон кобры, но подувший неожиданно ветер, растрепал этот «капюшон» и стало ясно, что на голове и шее гадюки развиваются жесткие бардовые и кучерявые «волосы» или «шерсть». Сильван стоял как вкопанный. Он знал, что двигаться и даже разговаривать нельзя, чтобы успокоить змею и продемонстрировать ей свои добрые намерения и тогда она поймет, что никакой угрозы ей нет и просто уползет.

Но время шло. Минуты тянулись как часы, а часы как дни, а страшная змея уходить не собиралась. Тогда он сказал ей: «Пусти!» Та насторожилась, но с места не сдвинулась. После этого уставший, обездвиженный человек просто сделал шаг в бок, и лишь усугубил ситуацию. «Дракониха» моментально переместилась вперед и очутилась уже в двух метрах от Сильвана. Казалось, что теперь она не только с любопытством изучает его, но и обнюхивает всего как собака, перед тем как окончательно принять решение атаковать свою жертву. Удивительно, но теперь бедолага уже не испытывал ни страха, ни усталости. Он находился под гипнозом бардовой змеи и был не в силах отвести от нее взгляд. Со временем ему стало казаться, что змея шевелит губами и хочет ему что-то сказать. Сильван не стал разгадывать, чтобы это могло быть и перевел взгляд на деревья позади змеи. Они были красного цвета, на фоне оранжевого неба и розового воздуха. Земля там тоже выглядела как настоящие американские каньоны, но без кактусов и какой-либо растительности!

«Фантастика! Может, я уже на Марсе? Рассказывают ведь некоторые чудаки про черные дыры, про какие-то там перемещения во времени, похищения, поглощения и всякое такое. Но могло ли это случиться со мной?! Нет, не со мной!», – промелькнуло у Сильвана в голове. И тут он почувствовал, что еще мгновение-другое и он действительно каким-то образом окажется на той красной территории. Чтобы отвлечься, Сильван посмотрел себе под ноги и увидел большую ветку дерева, отломившуюся, вероятно, в результате сильного порыва ветра. Где-то вдали послышался взволнованный голос Игоря:

– Не шевелись! Пусть уйдет! Но Сильван видел, что уже спускается вечер и понимал, что змея не собирается никуда отступать, а силы его были на исходе. Тогда недолго думая, Сильван быстро подхватил лежащую у него под ногами ветку и закрывая себя ею, рванул вперед.

Змея, как будто бы только этого и ждала… Словно сверкнувшая молния, в мгновение ока она перегородила путь своей «добыче» и ни секунды не медля, в броске, сомкнула свою пасть на правом запястье его руки. Боль сразу пронизала всю его руку, закружилась голова. Молодой человек пошатнулся и медленно опустился на траву. Он посмотрел на укус гадюки и принялся выдавливать из него яд. Несмотря на это, его рука начала быстро опухать. И сердце переполнила обида и ярость. Ему сильно захотелось накричать и наругать последними словами кучерявое чудище, но змеи больше нигде не было, она куда-то исчезла. А вместе с ней растворилось в воздухе все, что ассоциировалось с инопланетными пейзажами еще несколько минут назад. Сильван обернулся и увидел Игоря, наблюдавшего за ним издалека.

– Амиго, как ты?! – спросил он Сильвана, идти можешь?

– Да, я в порядке, – соврал Сильван. Надо быстрее выбираться отсюда, чтобы снова не встретиться с каким-нибудь животным.

Неуверенным шагом, слегка пошатываясь, Сильван подошел к другу и попросил не говорить его матери о том, что на него напала змея. Игорь пообещал, но со своей стороны посоветовал другу обратиться к врачу если что…

4

Солнце давно ушло за горизонт, оставив после себя слабый шлейф дневного свечения, быстро уступающего место сумеркам. Зефир к вечеру напитался сотнями трав: чабрецом, душицей, мятой, ромашкой… всем, что росло в лесу и теперь этим воздухом смело можно было наполнять легкие как специально приготовленным сбором лечебных трав из ингалятора.

Автобус приехал почти сразу и быстро повез пассажиров в город. Едва добравшись домой, Сильван сразу плюхнулся в постель, и крепко проспал до следующего дня. Ему снились незнакомые места – леса с голубыми деревьями причудливой формы. Они росли корнями вверх в глубоких ямах красного цвета. Вокруг царила тишина. Он ходил по пустынным тропам чужой местности, слишком чистым и скользким как после утренних уборок городских улиц и время от времени у него появлялось ощущение, что сзади кто-то дышал ему в затылок. Но Сильван на это не реагировал. Он фокусировал свое внимание лишь на том, что могло ему помочь понять, где он сейчас находится и как ему можно было бы вернуться назад, к себе домой, в привычный и родной ему мир. Дорожка вывела его к небольшим темно-бардовым холмам. Все они были одинаковой и правильной формы, с высокими столбами на вершинах. Эти невысокие горки располагались в несколько коротких рядов по четыре в каждом.

Подойдя к ним поближе Сильван увидел, что это не просто холмы, а такие себе небольшие домишки с длинными узкими окнами, но без дверей. Он подошел еще ближе. Оказалось, что каждый столб имеет форму определенной цифры. Он мог разглядеть только холмы первого ряда, со столбами в виде единицы, девятки, восьмерки и шестерки (1, 9, 8, 6). Любопытство толкало Сильвана дальше вперед. И он подошел вплотную к дому с номером 1 и заглянул во внутрь через узкое окно. Там посреди комнаты рос широкий зеленый куст, а под ним свернувшись калачиком, лежала та самая яркая, бесконечная, кучерявая змея, которая укусила его в лесу накануне. Через какое-то время куст зашевелился и с него начали выползать маленькие змейки, похожие на свою мать. Их было так много, что вскоре зеленый куст запестрел живыми бордовыми, красными и желтыми красками. Они извивались, бурлили и текли как река в сторону окна в которое сейчас заглядывал Сильван.

«Надо срочно уносить ноги», – сообразил он и отпрянул от змеиного логова. Затем молодой человек поднял голову вверх и увидел аллое солнце над своей головой. Его раскаленные лучи прошлись как лазером по всему его лицу и свет горячо прилип к кожному покрову. Руки Сильвана машинально потянулись к глазам и в эту минуту сон улетучился. Какое счастье – это был всего лишь сон! На самом деле был он у себя дома. Как хорошо быть дома! Раньше он об этом просто не задумывался. Затем его мысли перенеслись во вчерашний день и он посмотрел на свою руку в надежде на то, что змея ему тоже приснилась. Однако его правая рука была еще немного напухшая и имела болезненный сине-серый цвет.

«Хм-м-м, – простонал от разочарования Сильван. Таки лесное чудовище и вправду меня укусило». Он быстро поднялся, одел рубашку с длинным рукавом, чтобы проницательная мама не задавала лишних вопросов и пошел в душ.

5

Карина Павловна позвала сына к телефону. Звонил Игорь, чтобы узнать как дела:

– Привет, что ты, как ты?

– Все – окей, не волнуйся – успокоил Игоря друг. Кстати, если хочешь поговорить, давай не по телефону, а где-то в кафе за чашкой кофе; есть кое-какие мысли.

– У меня тоже. Могу прямо сейчас в кафе подойти – ответил Игорь.

– Отлично. Через 20 минут подходи в «Гамбринус».

Выйдя на свежий воздух Сильван понял, что немного переоценил свое самочувствие. Его голова по-прежнему кружилась, а в ушах стоял непонятный звон, но в целом он был доволен собой и тем, что все закончилось именно так, а не иначе.

– Хорошо то, что хорошо кончается! – воскликнул Игорь, завидев своего товарища.

– Да уж… повезло! Игорь, ты можешь объяснить, что это было? Я до сих пор как вспомню, так тяжело на душе становится. Думал, что отосплюсь и все сразу забудется, но мне и сон приснился про эту змею и ее змеят и еще цифры к чему-то…

– Подожди, времени еще прошло так мало, что даже рука не зажила… А какие, кстати, цифры ты видел во сне? Может это счастливый номер выигрышной лотереи?

– Не думаю. Мне приснились только четыре цифры- 1, 9, 6 и, кажется, 8.

Игорь задумался, а потом переспросил друга:

– А случайно не 1, 9, 8, а потом 6?

– Вообще-то, да, скорее всего так оно и есть: 1, 9, 8, а потом 6. А какая разница?

– Может и никакой, но если предположить, что это 1986-й год, то это наталкивает на мысль о Чернобыле. А мы знаем уже про его ужасные последствия, в том числе и про различные мутации в животном мире… Например, ты помнишь у коров стали рождаться двухголовые телята, в реках ловили гигантских сомов и т.д. Значит, можно предположить, что эта нетипичная змея совсем не змея…

– А что же тогда?

– Мутировавший после радиоактивного загрязнения обычный домашний уж! В противном случае, я думаю, мы бы сейчас не разговаривали. То, что рептилия была не ядовитая – это факт. То бишь, это был уж… или ужиха!

– Игорь, знаешь, что думаю? Нам надо вернуться туда снова!

– Зачем? Сделать сенсационные снимки и продать их желтой прессе? – пошутил Игорь

– Что-то вроде того, только наоборот.

– Чтобы мы заплатили желтой прессе?!

– Короче… я на днях прочитал в газете, что в наших местах организовывают специальные туры для любителей тихой охоты. И вот я думаю, что если неподготовленные люди, обычные туристы встретятся с нашей «красоткой», то это может плохо закончиться. Но, с другой стороны, если мы вот так, просто и без доказательств пойдем и расскажем все как есть журналистам, о том, что в нашем лесу водятся змеи «на лицо ужасные, но добрые внутри», то нас сочтут либо сумасшедшими либо лгунами, либо еще что-то в этом роде. Но главный мой посыл – если мы столкнулись с постчернобыльскими генными мутациями, то это для того, чтобы этим кейсом занялась наука. Поэтому надо снова идти в лес, искать змею, фотографировать ее и решать сразу несколько задач.

– Ладно, согласен! Наука требует жертв, будем искать.

6

Лес встретил гостей веселым пением птиц и шустрым ветерком, приводящим в движение размеренную лесную жизнь. Сильван и Игорь осторожно ступали по сочной траве боясь наткнуться на спящую гадюку. Игорь взял с собой известный своей надежностью и качеством фотоаппарат Canon, чтобы как можно четче запечатлеть редкую рептилию, но ничего в этот день не указывало на встречу с ней.

Они дошли до того самого места, где два дня назад Сильван пытался сбежать от захватившей его в заложники грозной змеи. На молодых людей сразу нахлынули те же чувства, которые они испытывали тогда. Им захотелось побыстрее выбраться из этого злополучного места, но Сильван решил все же не сдаваться до самого конца и пошел вперед, туда, где кучерявая змея в прошлый раз перекрыла ему путь.

– Игорь, иди сюда. Смотри, что я нашел…

Игорь подошел к другу и оцепенел от неожиданности: перед ними обнажился глубокий обрыв, переходящий в овальный котлован, на дне которого виднелись небольшие сухие ветки и торчали острые углы неотесанных серых камней. Сейчас трудно было сказать вырыли ли его специально по какому-нибудь модному проекту с целью построить здесь навороченный курорт для единения человека с природой или же он здесь еще со времен второй мировой войны, как результат активных военных действий… А возможно здесь прошелся мощный ураган или торнадо и вырвал с корнями столетние деревья и пни, оставив после себя глубокие ямы в земле как после работы буровой машины, или же на этом месте когда-то было озерцо, высохшее со временем…

– Ну и ну, – присвистнул Игорь, щелкая фотоаппаратом. Выходит не зря змейка держала нас в тонусе! Погнавшись за соблазнительными грибами на радостях, после выпитой бутылочки винца, мы могли бы запросто свалиться сюда и что тогда? Тю-тю?

– Не знаю, что и думать, – сказал Сильван. Сделав еще несколько снимков окружающих их предметов, друзья сконфуженные увиденным, повернули назад. За несколько шагов до выхода из леса, Сильван заметил на земле раненного зайца. Бедолага лежал со стрелой в боку, не в силах пошевелиться и лишь иногда подергивал лапками, все еще надеясь подняться.

– Игорь, посмотри, у него кажется, сочиться кровь. Надо помочь бедняге.

Они осторожно подошли к зайцу. Тот лежал спокойно и лишь умоляюще смотрел на людей огромными выпуклыми глазами, полными безнадеги и боли. Мерзкая самодельная стрела глубоко вонзилась в его тело и не давала сдвинуться с места. Игорь взял серого на руки и услышал как трепещет его сердце.

– Живая, животина! Не боись, мы тебя не съедим! – успокаивал ушастого Игорь, а потом обратился к другу:

– Я вытащу стрелу, а ты, Сильван, сорви какой-то лист с дерева побольше; приложим к его ране, чтобы остановить кровь, и перевяжем косого носовым платком, пока не довезем его до ветклиники.

Сильван принес лист клена и, как в детстве, наслюнявил его прежде чем прикладывать к ране, а затем накрыл поврежденное место зайца своим большим хлопчатобумажным носовым платком.

Через 35 минут они прибыли в ветлечебницу. Врач взяла согревшегося в руках Игоря зайца, и профессионально его осмотрела. Не найдя никаких повреждений, ветеринар спросила:

– Так в чем тут ваша проблема, вы говорите?

– Мы нашли этого зайца в лесу. Он лежал на земле с торчащей стрелой в теле.

– А где стрела? – спросила доктор.

– Вытащили и выбросили, а к ране прилепили листочек и сверху платком придавили. Вы же сами видите, что платок весь в крови – объяснял Игорь.

Женщина внимательно посмотрела на визитеров как бы пытаясь определить степень их опьянения, а затем сообщила:

– Я не вижу здесь ни раны, ни шрама от стрелы, посмотрите сами и заодно оплатите в кассу услуги.

Игорь и Сильван в недоумении посмотрели на докторшу, но спорить с ней не стали. Затем, крепко держа зайца за уши, они сами пристально, сантиметр за сантиметром, обследовали своего найденыша и удивились еще больше – у них в руках был совершенно здоровый и довольный жизнью все тот же заяц. Он не вырывался из рук, но по всему было видно, что косой был не против, чтобы его отпустили на волю.

Оказавшись на улице, друзья посадили зайца в траву и тот быстренько попрыгал в кусты и вскоре скрылся за зарослями культурных городских насаждений.

– Игорь, ты, что-нибудь понимаешь?

– Да, кажется начинаю понимать, но нужны еще дополнительные факты, – на полном серьезе ответил Игорь.

– Ты наверное, думаешь, что из-за того, что меня «ужалил мутант», у меня в организме произошла некая химическая реакция от которой изменился состав моей слюны и она стала лечебной… И стало быть заяц поправился от моих слюней? Бред какой-то! Все слишком сложно, чтобы быть правдой! – сказал растерянный Сильван.

– Почему ты сомневаешься?

– Я боюсь даже думать об этом, это ненормально!

– Так я и знал. Ты не дрейфь. Главное, что ты сам жив и здоров, а остальное время покажет. Мы с тобой правду знаем и будем ее хранить пока не найдем объяснений всему, что с нами произошло.

– Спасибо за поддержку и понимание Игорь, рад, что ты мой друг!

7

Прошло четыре месяца. Природой руководил декабрь. В этом году он сразу показал свои таланты. К концу месяца уже воцарились настоящие трескучие морозы и все деревья, притрушенные блестящим белым снегом, стояли как по стойке «смирно». Разрисованные морозными кружевами стекла и свисающие с крыш домов, прозрачные увесистые сосульки, создавали захватывающую картину холодного зимнего великолепия.

Сильван Ковак делал успехи в своей карьере и вместе со всем коллективом его родного автомобильного завода, где он работал после окончания машиностроительного института, готовился к Новому 1990-му году. В лучших традициях предприятия, под новый год профсоюз организовывал в актовом зале праздничный

«Огонек» для своих сотрудников, включая музыкальную программу, шведский стол, танцы и викторины. Праздничный вечер должен был быть веселым, зажигательным и отдыхающим. Поэтому в качестве ведущих решили выбрать соответствующую пару: эрудированного Сильвана и остроумную, хорошенькую собой девушку Анжелу из соседнего отдела. Сильван, со свойственной ему ответственностью и азартом сразу взялся за дело. Как всегда, он начал искать интересные новогодние истории в своей любимой газете «Маяк» и наткнулся на маленькую заметку о том, что на днях есть вероятность того, что вблизи Ламанска пролетит и возможно приземлится метеорит подобно тому, что уже наблюдали в здешних краях в 1980-м году. Газета также предупреждала жителей города воздержаться от лыжных прогулок по лесу и прочих спортивных мероприятий в следующие две недели.

«Метеорит в 1980-м году? Так, может быть, этот метеорит и вырыл тот котлован, что они видели летом с Игорем?» – подумал Сильван и сразу позвонил другу:

– Игорь, я тут на интересную статейку наткнулся в нашей газете. Статья – про загадочный метеорит, который якобы прилетал уже сюда десять лет назад. И я подумал, а что если тот обрыв, который мы видели летом как-то связан с этим? Написали еще, что в ближайшее время может прилететь такой же.

– Интересно, надо будет на лыжах сходить посмотреть, что у нас там и как. Я никогда не видел настоящий метеорит – ответил Игорь.

– Тогда держим руку на пульсе, дружище! – сказал Сильван.

– Держим! – согласился тот.

8

В ближайшие дни ничего необычного не произошло и дополнительных новостей про метеорит больше нигде не публиковали. То ли потому, что их не было, то ли потому, что для небольшого, районного масштаба города Ламанска самым важным событием накануне Нового года была подготовка к его праздничной встрече и на страницах местных газет не было места ни для чего иного, как только для пестрых реклам и торговых скидок на нужные и ненужные товары, которые можно было реализовать лишь под праздничный шумок.

Одна новость все же просочилась в массы из местного радио. Там говорили, что сейсмологами было зафиксировано слабое землетрясение амплитудой в два балла по шкале Рихтера в радиусе населенных пунктов Ламанска, Спилса и Дутске.

Игорь сразу же пошел к Сильвану:

– Как ты думаешь, может, тот метеорит уже упал где-то рядом и поэтому содрогнулась земля на два балла?

– Вряд ли. Если бы это был метеорит, то так бы и сказали.

– Может быть, его еще не нашли, а удар о землю уже зафиксировали. Значит булыжник огромный, если землю трухануло. А может он бриллиантовый? Надо теперь всегда с собой носить ножовку, быть готовым кусочек отпилить килограмм так эдак на 10… Хе-хе-хе!

– Помечтай, мечтатель, бедным людям сокровища ни к чему! Да, я честно говоря, немного удивлен официальному заявлению про землетрясение потому, что у нас тут землетрясений сроду веку не было. Откуда они сейчас взялись? Здесь нет ни гор, ни океанов… Но, как говорится, нет дыма без огня! Мы должны отправиться «в рейд» и убедиться, что любимый город может спать спокойно!

– А давай пойдем прямо завтра с утра в лес, походим по знакомым местам, глянем на все опытным глазом, на всякий случай, а потом послезавтра отправимся в Спилс, поговорим с людьми… В дебри лезть не будем и новые тропы прокладывать тоже не станем.

– Правильным путем, идете, товарищ! – пошутил Сильван и они условились встретиться на следующий день на рассвете с лыжами, санками и походными рюкзаками.

Кто-то любит зимний лес больше, кто-то меньше, однако очевидно, что красоту его заснеженных елок и высоких сосен можно сравнить только с красотой безмолвных горных вершин. Зимой в лесу спокойно. Ищущие себе пропитание дикие животные и птицы ходят тихо, оставляя на нетронутом снегу следы своих лап, напоминая о том, что жизнь зимой идет своим чередом. Изредка матерые белки, снуют с дерева на дерево в поисках шишек, стряхивая снежную крошку с тяжелых елок… И, если человек не ограничен во времени, этой красотой можно любоваться часами. Но Сильван и Игорь распланировали свой маршрут так, чтобы до обеда осмотреть все интересующие их места, пофотографировать их, а потом развести огонь, передохнуть и посветлу вернуться в город.

Пока все шло по плану. Ламанчане уже прошли основную часть своего пути и сейчас поворачивали на лесную поляну, где они летом собирали грибы и ягоды. Вдруг деревья покачнулись, все птицы сидевшие на них взлетели с шумом и понеслись тучей вверх.

– Что-то тут не так, давай говорить шепотом и передвигаться на полусогнутых. Может, здесь и зимой какие-нибудь зимние змеи ползают. Обросли шерстью, как мамонты и ползают – предположил полушутя, полувсерьез Игорь.

Очутившись на поляне, они увидели, что поляна не покрыта снегом, как остальные участки леса. Создавалось впечатление, что снег все же здесь был, но потом почему-то растаял.

– Игорь, фотографируй, пожалуйста, – напомнил другу Сильван.

Подойдя к обрыву, они пригнулись, а затем легли на землю, чтобы лучше видеть дно котлована. Там сейчас лежал огромный черный блестящий камень, напоминающий уголь, породы «антрацит», но значительно больший. Вся его поверхность была утыкана ни то прутьями, ни то антеннами. Их было так много, что Сильвану сразу вспомнился его сон про деревья, растущие корнями вверх. Затем возле каждого «прутика» появились стройные высокие люди, одетые в тканые бардовые комбинезоны с зигзагообразным желто-красным рисунком впереди. Они плавно двигались на гладком камне, как бы боясь поскользнуться, выполняя какую-то работу. И Сильвану показалось, что он снова спит и видит через узкое окошко маленьких змеек, стекающих ручейком с зеленого куста.

– Игорь, снимаешь? – шепотом спросил Сильван.

– Да, – ответил Игорь, щелкая Canon-ом.

Сильван внимательно следил за происходящим в котловане. Он выбрал себе в качестве объекта наблюдения одного человека и не спускал с него глаз пока тот не почувствовал на себе посторонний взгляд и не посмотрел вверх, а за ним и все остальные.

– Быстро бежим, они нас заметили! – Сильван толкнул Игоря локтем в бок и они сорвались с места как угорелые без лыж, санок и рюкзаков.

Не оглядываясь назад, друзья пробежали приличное расстояние и остановились только когда почувствовали колики в боку. Немного отдышавшись, они огляделись по сторонам и поняли, что их никто не преследует. Оставшуюся часть пути они прошли молча и быстро. Добравшись до города, молодые люди зашли в ближайшее кафе, чтобы обсудить увиденное в лесу.

– Игорь, ты все сфоткал?

– Еще бы, и не один раз, для подстраховки.

– Очень хорошо! Теперь у нас есть доказательства того, что мы видели в лесу – сказал Сильван.

– Хорошо, то оно хорошо, но как по мне, то интересное там было только то, что на поляне растаял снег – единственное аномальное явление на лицо. А те люди внизу, скорее всего, из спецслужб, которые берут пробы и исследуют это самое аномальное явление – высказал свое мнение Игорь.

– А камень с антеннами? – не унимался Сильван.

– Камень явно там появился недавно. Может, это и есть метеорит. А на счет антенн, я лично не уверен. Нам могло показаться, что угодно. Сейчас такие исследовательские аппараты и технологии применяются, что нам кажется мы видим одно, а на самом деле это совсем другое. Вот я сегодня проявлю пленку, сделаю фотографии тогда мы точно все хорошенько рассмотрим и сделаем правильные выводы, а затем обратимся куда надо.

– А я тебе скажу еще одно – продолжил Сильван. Мне показалось, что я их уже где-то видел, точнее одного из них. Хотя, согласись, они там все выглядели как близнецы. А что это за форма на них такая пестрая? Как окрас славноизвестной бардовой змеи! Ни одна серьезная организация не оденет своих сотрудников в такое барахло.

– Сильван, я понимаю, что у тебя еще не выветрился до конца стресс после встречи с той кучерявой змеей и ты еще остро реагируешь даже на что-то очень отдаленно схожее с ней, но лично я не вижу сейчас никакой связи с той ситуацией.

– Ты не видишь, а я эту связь с ней, с той змеей чувствую каждый день каждой своей клеточкой. И пытаюсь найти мало-мальские объяснения тому, что у меня после встречи с ней появилась возможность помогать не только зайцам справиться со своим недугом, но и людям. Ты ведь помнишь мою тетю, Лану, ту, что приезжала к нам летом?

– А что с ней случилось?

– У нее развился страшный псориаз на руках и голове. Она даже перестала спать. Мне стало ее очень жаль, и я взял обычный увлажняющий крем, смешал его со своими слюнями и ничего ей не объясняя, предложил попробовать помазать им руки. Я подумал, что Лана все равно ничем не рискует, но если в чудесном излечении зайца есть и моя заслуга, то у моей тети появится реальный шанс избавиться от ее болезни. И что ты думаешь? Уже после первого раза, псориаза не было и в помине! Так как я могу не думать про змею?

Неужели после укуса других змей, пострадавшие люди могут сразу всех лечить?

– Знаешь, что говорят в народе про таких как ты?

– Что?

– Если человеку удастся пережить укус змеи, то жить он будет долго и счастливо! Наши предки даже держали в доме неядовитых змей вместо домашних животных, чтобы они ловили мышей.

Ладно, побегу проявлять пленку; потом более предметно поговорим, – пообещал Игорь и они разошлись по домам.

Вечером Игорь позвонил Сильвану и расстроенным голосом сообщил:

– Я правда не понимаю как такое могло случиться. Я зарядил в фотоаппарат новейшую пленку, а она оказалась почему-то засвеченной. Так, что и на этот раз фотографий у нас не будет. Увы и ах!

9

Наступил новогодний вечер. Нарядные рабочие и служащие автомобильного завода вместе со своими родными и близкими спешили в теплый актовый зал, где их ждал Новогодний «Огонек».

Вместе с ними на праздник торопились Игорь и Карина Павловна, чтобы поддержать Сильвана в его новом амплуа конферансье. Сильван изыскано оделся по случаю и ждал за кулисами Анжелу, чтобы перед началом концерта еще раз пропепетировать их программу. Вскоре девушка-ведущая появилась с милой и загадочной улыбкой на устах, с аккуратно уложенными в прическу каштановыми волосами и в красивом велюровом платье бардового цвета с зигзагообразной желто-красной полосой внизу. Сильван широко улыбнулся ей в ответ и одновременно почувствовал огромный прилив позитивной энергии в душе и теле.А она в ответ протянула ему рюкзак,который они с Игорем оставили в лесу накануне. Он сразу прозрел, и вспомнил, где мог видеть того человека из котлована. Без сомнения, он напомнил Сильвану Анжелу; он был похож на Анжелу. Они все были похожими на Анжелу.

Сильван подошел к Игорю, и отозвал его в сторонку, а затем шепотом произнес:

– Это ее я видел, она здесь! Они давно живут здесь среди нас!

Комната «Х»

1

Две недели назад я приехал в гости к моему единственному сыну Эрику, наследнику семьи Ришитьер. С тех пор как мой отпрыск покинул Бельгию и поехал учиться в канадскую провинцию Британская Колумбия, мне приходиться часто ездить его навещать поскольку похоже было на то, что он всерьоз решил там обосноваться. Ведь он давно уже закончил свою университетскую программу, затем аспирантуру, устроился на работу по специальности, архитектором, и даже успел купить небольшой таунхаус и обзавестись псом породы хаски.

Это был его осознанный выбор. О хаски Эрик много читал в книгах Джека Лондона, на которых вырос сам и благодаря этим книгам полюбил спокойных, нежных, дружелюбных и проворных собак, а также проникся духом сурового Севера, что и привело его в далекую Канаду.

Не навещай я своего сына хотя бы раз в год, он бы и вовсе стер со своей памяти маленький город Льеж, в котором он родился и провел свои школьные годы. По правде сказать, с таким образом жизни, который уже три года подряд вел мой сын, не выходя из дома, в том числе по причине пандемии COVID-19, есть риск того, что скоро забудешь как выглядит город у тебя за окном. К этому, кстати, располагает и тот факт, что большинство дел можно решать по интернету, а продукты заказывать онлайн.

В такой ситуации людям приходят на помощь братья меньшие, домашние животные, которых природа зовет на свежий воздух, а они, в свою очередь, выманивают из «берлог» хозяев, чтобы и те подышали свежим воздухом и хоть немного размялись и отвлеклись от нещадных лучей экранов компьютеров, телефонов и прочей электроники. В этом смысле Хантер был настоящим другом Он вытаскивал Эрика из дома как минимум три раза в день в любую погоду и в разное время суток.

Посмотрев на все это своими родительскими глазами, я решил не торопиться с отъездом в Европу, тем более, что кроме моих соседей, меня там никто не ждал. Мать Эрика уже давно жила со своим вторым мужем и их тремя детьми во Франции, и я мог свободно распоряжаться своим временем так, как считал нужным.

2

Мне захотелось помочь вернуться к здоровому образу жизни моему всегда занятому своей работой сыну. Начал я с самого простого, с питания. «В здоровом теле – здоровый дух», так сказать.

Здесь, в Канаде, на мой взгляд, есть универсальный во всех отношениях продукт – это рыба «*wild salmon*» (дикий лосось). Во-первых, он доступный по цене; во-вторых, он вырос в натуральных природных условиях без ГМО и, в-третьих, в мясе лосося содержится множество полезных микроэлементов необходимых для организма человека. Ненавязчиво я начал готовить эту симпатичную рыбеху в духовке, с картохой, розмарином и чесноком. Иногда у нас были свиные ребрышки с пюре, отбивные в кляре, грибной суп и другие домашние вкусности, как говорят в Канаде, «*from scratch*», то есть без полуфабрикатов. Я не ошибся: мой Эрик посвежел, повеселел и поправился, а Хантер отказался от собачьей еды в банках (сухой корм Эрик по максимуму избегал так, как он приводит к камням в почках у животных) в пользу европейской кухни.

Пролетали дни, а за ними недели. Каждый из нас делал свою важную работу на своем месте.

По утрам мы собирались за завтраком, а затем рассыпались как бисер по разным углам дома и вносили каждый свою лепту в ежедневную рутину нашего бытия. Затем мы могли встретиться еще за ужином и пойти все вместе на вечернюю прогулку. Обычно в это время в октябре здесь часто бывают прохладные дожди, но они не могут отобрать радость, которую дарят нам золотые, зеленые и багровые краски осени, которые придают природе особый торжественный вид и наполняют нас особым приятным настроением – спокойствием и уютом.

Эрик много работал. Он поставил перед собой задачу – продать свой старенький таунхаус и купить небольшой, но новый домик с приличным участком земли для Хантера, чтобы собака могла находиться больше на свежем воздухе и разминать лапы. Изредка сын даже покупал лотерею, чтобы выиграть деньги на эти цели.

Лично я никогда не верил в азартную фортуну, ибо в нашей семье она обходила стороной всех ее членов и во все времена. Я с детства зарубил себе на носу слова моего отца, который говорил, что у всех удач и выигрышей есть свои VIP клиенты и это точно не мы. Нам в жизни нужно полагаться только на себя, на свое образование, на свое трудолюбие и на Бога.

Вместе с тем, некоторые люди выигрывают в лотереи, выкапывают клады, находят редкие старинные сокровища на дне океана и много чего еще. Однако я убежден, что в каждом из этих случаев удача сама назначает обладателя приза, возможно, как только он родился на свет, а потом ждет удобного случая, чтобы вручить богатство именно ему. Иначе, как тогда объяснить то, что чаще всего сокровища находят случайные люди, те, которые их никогда специально не искали, например, строители, когда сносили старый дом, или рыли котлован для нового дома. А было еще немало случаев, когда рыбаки находили блестящие драгоценные камни в брюхе прожорливых рыб и осьминогов.

По какому принципу идет отбор везунчиков неизвестно. Мы можем только строить наши догадки. Поэтому я бы просто согласился с теми, кто считает, что каждому свое.

3

Прошло уже три месяца как я жил вместе с Эриком и холеной псиной с ярко голубыми чистыми, как безоблачное небо, глазами. И я уже начал было подумывать об обратной дороге назад в Бельгию. Но однажды за ужином Эрик признался:

– Папа, я так рад, что ты приехал. Не знаю, как бы я без тебя справляся с моими нагрузками. Думаю, ты еще от нас с Хантером не сильно устал и не оставишь нас в самый ответственный момент нашей жизни.

– Сынок, неужели ты, наконец, почти в свои 40 лет, женишься? – поспешил уточнить я.

– Есть дела поважнее, – сказал Эрик явно удивленный моим вопросом, поскольку, наверное, про его женитьбу думал больше я, чем он. – Я тут присмотрел новый дом недалеко отсюда. Нашел риелтора и договорился с ним о продаже нашего таунхауса. Поэтому вся надежда на тебя!

– На меня?! Так, я должен приобрести тебе новый дом или купить себе этот? – пошутил я.

– На самом деле, все, что от тебя требуется – поддерживать связь с риелтором, чтобы когда будут приходить смотреть наш дом потенциальные покупатели, ты с собакой мог пойти на прогулку во избежание лишних вопросов.

– Каких, например…? – не сразу понял я.

– Некоторые люди не хотят даже снимать (не говоря о покупке) жилье в домах или квартирах, где жила собака или другое домашнее животное.

При этих словах Хантер посмотрел на сына немного наклонив голову, как будто хотел сказать,

«Неужели?!». Сын тоже заметил взгляд Хантера и поэтому добавил:

– Ничего удивительного, бадди. Тут даже есть отдельные многоквартирные дома, куда не пускают жителей с детьми. Как по мне, и одно, и другое, совершенно неуместно. – Посмотрев на меня, Эрик закончил:

– C’est la vie, если хотим поскорее переехать в новый дом, нужно сделать все от на зависящее.

– Ясно. Будем гулять.

Время шло, а на деловую прогулку мы с Хантером вышли всего дважды и то ненадолго. Это могло означать лишь одно – наш таунхаус не вызывал к себе большого интереса, а наш риелтор не проявлял большого энтузиазма, чтобы его продать и вместо дополнительных усилий и стараний со своей стороны, он лишь постоянно уговаривал нас снизить цену. Тогда я сказал сыну:

– Эрик, прошло почти полгода, а риелтор нам ничем не помог. Его цель – любыми путями завершить сделку и получить свои деньги, но если мы продадим наш дом за бесценок, как он хочет, а потом заплатим нехилые проценты за «прекрасную» работу, то у нас не останется денег даже на первый взнос для нового дома.

– Па, что ты предлагаешь?

– Шестимесячный контракт, который ты подписал с риелтором как раз истекает. Поэтому предлагаю отказаться от услуг этого «дармоеда» риелтора, поставить свою цену на твой прекрасный таунхаус и самим ее продавать. Во всяком случае, хуже не будет.

– Хм… В этом есть рациональное зерно – сказал Эрик. – На крайний случай, если мы продаем сами, то можем сделать скидку ровно на те проценты, на которые претендовал бы риелтор и при этом получить ту же сумму в остатке. Давай попробуем сами.

4

Стоящие по соседству дома продавались успешно и быстро. За некоторые из них даже шли «бои», то есть, когда два или больше покупателей, которые присмотрели один и тот же дом, как на аукционе, предлагали продавцу цену еще больше, чем начальная. Наш же таунхаус никак не хотел с нами расставаться и кто бы ни приходил его смотреть, он никому не мог угодить.

Однажды я решил посмотреть на него по-другому, как покупатель. Я вышел во двор и не спеша обошел дом вокруг со всех сторон. Ничего отталкивающего в нем, как я и думал, я не обнаружил. Ухоженный, опрятный, серо-светло-зеленого цвета двухэтажный оплот и крепость любой семьи; с жилым оборудованным современным бейсментом. Это же wow! Чего еще желать?! Покупатели же ничего хорошего в нем не замечали, хотя и ничего плохого о нем не говорили. Они просто приходили, молча смотрели наш дом, затем уходили и больше к нам не возвращались.

Тогда я решил думать оригинально, а не просто следовать принципу «как все, так и я», что иногда стоит на пути достижения значительных целей. Я попросил у Эрика документы, которые он оформлял при покупке, в надежде найти какую-нибудь подсказку для того, чтобы выиграть сделку на нашу недвижимость.

– Па, а зачем они тебе? Как они могут помочь? – в недоумении спросил сын. – Ты же не думаешь, что мы можем вернуть дом его прежним хозяевам?

– Было бы неплохо – засмеялся я. – А то ломай голову, что с ним делать.

Итак, в документах на покупку нашего нынешнего дома было сказано, что мой сын приобрел недвижимость у Питера Скумума 12-го апреля 2013-го года.

Тут мое сердце екнуло. Фамилия продавца мне показалась очень знакомой. Я позвал Эрика.

– А что ты знаешь про этого Скумума?

– Ну… Скумум как Скумум. Пенсионер 1935-го года. В добром здравии, но уже при плохой памяти. Поэтому его сын Майкл поспешил продать дом, чтобы определить своего отца в пансионат для пожилых людей, где ему окажут профессиональную помощь и присмотрят за ним.

– Помощь и присмотр – зачем-то повторил я. И вдруг меня осенило.

– Эрик, кажется, я вспомнил откуда мне знакома эта фамилия. Эта фамилия где-то мелькала, когда я читал о поисках сокровищ или добычи золота. Давай загуглим, чтобы уточнить.

– Интересно – поддержал Эрик.

Я открыл браузер, и поиск привел нас к статье о золотой лихорадке. В 1896-м году в Британской Колумбии жил некий Джим СкуКум, почти такая же фамилия, как и у твоего Скумума – прокомментировал я.

– Так вот, – предложил я. – Скукум прославился тем, что вместе с другими золотоискателями, Джоржем Кармаком и Чарльзом Доусоном, нашел много золота на ручье Бонанза, который впадает в большую реку Клондайк. Так возникла золотая лихорадка, которая докатилась аж до Аляски…

– Всего-то 130 лет назад… А какое это имеет отношение к продаже дома? Мало ли однофамильцев. К тому же, у меня – Скумум, а это – Скукум. Просто созвучные имена – сказал Эрик.

– К нам это имеет самое непосредственное отношение потому, что эти фамилии указали нам на исторический факт, а именно, что золотая лихорадка началась как раз на этом месте, на той самой территории, где сейчас стоит твой дом. И мы можем теперь с гордостью создать для него индивидуальный веб-сайт, где вместе со всем замечательным, что в нем есть, мы расскажем историю места, где он расположен. Объясним почему архитекторы выбрали именно эту местность для своего проекта. Упомянем о том, что даже такие знаменитые писатели как Джек Лондон и Лилиан Крете посвятили когда-то этой теме свои лучшие книги: «Дочь северного сияния» и «Повседневная жизнь» и т.д., и т.п.

– На это нужно время, а будет ли толк? Попробовать, конечно, можно – согласился Эрик.

– Так, так, значит не верим в успех, начатого дела? – поддернул я. – Не сомневайся, мой мальчик, вместе мы – сила! Вместе мы горы свернем, с домом и подавно справимся. Согласен, Хантер? – заручился я поддержкой большинства. Пес гавкнул в знак согласия, так как я показал ему рукой жест «голос», а Эрик махнул рукой типа, «делайте, что хотите, только меня не трогайте».

5

Всю следующую неделю мы чаще виделись с Хантером, чем с Эриком. По утрам он на скорую руку завтракал с нами, а потом быстро убегал в свой кабинет и просил обед и ужин забросить ему туда и по пустякам его не беспокоить. В конце недели, в воскресенье, Эрик объявил, что сайт он закончил и у нас появились первые комментарии, а затем и солидные визитеры. Однако и это нашей проблемы не решало. Дом стоял как неприступный форт.

А в это время на продажу выставили свой таунхаус и наши соседи слева Аманда и Ли. У них родился второй ребенок и молодые люди решили переехать в отдельный дом площадью побольше, чтобы нанять бебиситтера с проживанием (live-in). Покупатели, которые приходили смотреть их дом, после этого шли к нам. Некоторые из них аргументировали свой отказ иметь с нами дело тем, что у нас было всего лишь две жилые комнаты, а у наших соседей три, хотя и размером поменьше наших. Вскоре Аманда и Ли продали свое жилье, а мы остались пасти задних.

Неожиданно мне в голову пришла еще одна идея и я поспешил изложить ее сыну.

– Я тут вот, что подумал… Нам, как мужчинам, непростительно отступать от своей цели. Это дело принципа и его необходимо довести до победного конца! У меня есть кое-какие соображения!

– Какие? – приподняв бровь дугой, спросил Эрик и прежде, чем я мог ответить, продолжил:

– С меня хватит! У меня так много работы, что я физически не смогу больше участвовать в реализации твоих идей, даже самых лучших, *sorry*. В конце концов, ничего страшного; поживем с Хантером как жили до этого, а там видно будет, – с пессимизмом высказался Эрик.

– Ладно, я сам могу справиться. Ты просто послушай мои размышления. Я считаю нам стоит узнать сколько комнат у наших соседей справа и если у них тоже три комнаты, посмотреть их планировку и сделать точно такую же.

– Это – нереально – ответил Эрик. – Я не хочу долбить стены.

– Ну кто же их будет долбить, сынок? И потом, это же не стены, а внутренние перегородки. Их можно мизинцем отодвинуть или плечем подналечь…

– А кто будет отодвигать?

– Догадайся.

– Ладно, па, ты сам предложил, а у меня работа.

– Окей, ты главное не беспокойся. Сделаем из твоей малютки настоящие царские хоромы из трех комнат и продадим, но уже дороже! Мы научим их покупать элитную недвижимость! – подбодрил я шуткой Эрика.

На следующий день я зашел ненадолго к нашим соседям справа Кевину и его жене Лоре, чтобы посмотреть их планировку. Как я и ожидал, у них тоже было три комнаты, каждая из которых меньше, по сравнению с каждой из двух моего сына. В ответ я пригласил наших соседей к нам на кофе после ремонта и сразу пошел домой делать разметки для новой комнаты.

Дома меня ждал неприятный сюрприз. У Эрика внезапно разболелся зуб, и он не находил себе места. Наконец, я уговорил его поехать к врачу и, как говориться, нет худа без добра. Ему попался хороший стоматолог Сара. Она помогла моему сыну избавиться от зубной боли в считанные минуты. Эрик взял визитку Сары и теперь думал о ней гораздо больше, чем о проблемах своего дома, поскольку Сара ему очень понравилась и в результате, он почти каждый день под каким-то зубным предлогом стал ездить к ней на консультацию.

Тем временем мы с Хантером закончили планировать ремонт и я собирался приступить к осуществлению плана. Дождавшись удобного момента пока мой сын пойдет с Хантером на прогулку, чтобы не отвлекать Эрика от работы, я выбрал стену, которую необходимо сместить для дополнительной комнаты, затем взял кувалду и кирку и принялся эту стену разбивать. После третьего удара в стене появилась приличная дыра. Я взял фонарик и посветил во внутрь. К моему изумлению там оказалась маленькая комнатушка похожая на кладовку. Поскольку вентиляции, похоже, там не было, из нее доносился затхлый воздух.

Теперь мне предстояло снести полностью продырявленный перестенок, как знаменитую Берлинскую стену, и аккуратно собрать осколки из глаз долой.

Пока Эрика не было дома, я продолжил свою работу и через двадцать минут от былой перегородки ничего кроме пыли и мусора не осталось.

Тогда, постояв минуту и подумав, как перед дальней дорогой, я шагнул в только, что открывшееся передо мной пространство в, скрываемую годами «тайну». Внутри совсем маленькой комнатушки-кладовой стоял трухлявый неприятный, затянутый паутиной, табурет. На нем сверху приютился какой-то ящик, накрытый старой вязаной шалью.

Моим первым желанием было найти противогаз, резиновые перчатки и только потом прикасаться к этому, покрытому пылью и временем хламу. Однако любопытство взяло верх. Я овладел собой, подошел к табуретке и двумя пальцами сбросил накидку с деревянного ящичка, небольшого, но крепкого. На нем, как и положено, висел небольшой поржавевший замок, с которым я легко справился киркой.

В последний момент храбрость меня покинула. Моя рука дрогнула и я не смог поднять крышку ящика, чтобы посмотреть, что было внутри. Я решил немного передохнуть и дождаться Эрика. Воображение рисовало разные картины возможного содержания, найденного сундука. Я допускал мысль, что там мог быть пистолет, возможно какой-нибудь капкан, предусмотренный для встречи с вором, эликсир молодости, старинная карта, старое семейное барахло, короче, все, что угодно. Мне хотелось услышать мнение Эрика и его рекомендации (поскольку он брал курс археологии в университете) на счет того, не опасно ли находиться долгое время в месте, которое было замуровано годами, нужны ли специальные защитные средства, чтобы там работать или даже, чтобы открыть этот ящичек, ведь там могли быть вредные микробы или другие опасные микроскопические элементы. Раньше я читал о том, что при раскопках гробниц ученые сталкиваются с многочисленными вредными бактериями, которые образуются при распаде мумий в безвоздушном пространстве, что может нанести вред здоровью людей...

Вскоре послышался радостный лай Хантера и я вышел ему навстречу. Мой сын ничего не подозревая, привел собаку домой и уже взялся за телефон, чтобы договориться с Сарой о встрече, но увидев меня, мой слегка сконфуженный вид, он решил немного повременить и поэтому осторожно спросил:

– Что-то случилось?

– Я ждал тебя, чтобы вместе прикоснуться к «вековой тайне», так сказать. И, кстати, хотел у тебя уточнить, можно ли входить в комнату, которая была долго запертой и там никто не жил?

– Надо одеть маски и перчатки. Можно использовать маску KN95 и виниловые перчатки от COVID-19. Если ты уже взялся за стену, там должно быть много пыли и маски с перчатками должны защитить достаточно. Ты уже взялся за стену?

– Да, там оказалось кое-что неожиданное, но без тебя я не хотел разбираться. Может быть, мы на гране открытия века. Ты же имеешь ученую степень и в лотерею хотел выиграть, вот как раз это может быть все в одном наборе – полушутя подзадорил я сына.

– Точно, па, а перчатки и маска, как раз и помогут защитится от «открытия», которое так и норовит осесть на легких в виде тяжелой белой пыли. Ладно, перчатки и маска на кухне в столе. Сейчас принесу. Тебе помощь нужна? Захватить и на себя?

– Эрик, я, конечно, понимаю, что ты человек науки, но даже великим ученым для их открытий необходимо было воображение, внимание и терпение. Я же, тебе сказал, что нашел тайную комнату.

– Па, я как раз собирался позвонить Саре. Поэтому, давай я тебе помогу со стеной, а помечтать можно в другой раз – перебил нетерпеливо Эрик.

– Давай хотя бы предположим, – продолжил я, – что ты все-таки выиграл в лотерею миллион, что бы ты сделал?

– Миллион здесь не такие большие деньги. Вот если бы миллиард…

– Ладно, миллиард.

– Зачем делить шкуру неубитого медведя?

– Окей, ты прав. Ты спросил нужна ли мне помощь, да, нужна. Поэтому возьми перчатки и маску и на себя тоже, пошли посмотрим вместе.

Я показал Эрику свою работу и завел его в тайную комнату. Он был очень удивлен тем, что эта комната вообще существует и поэтому без конца произносил то «Wow!», то «Хм…». А когда он увидел деревянный ящик, то немного растерялся, поскольку строительным мусором, который он ожидал увидеть, это, явно, не было.

– Открываем, сынок, смотрим, вместе выносим и я продолжаю ремонт, а ты свои дела – сказал я, – время не ждет!

Эрик поправил на лице маску и открыл крышку деревянного ящика, и там мы увидели…

6

Там безмолвно лежали желтые гладкие блестящие и холодные слитки чистого золота. На них не было никакой отметины или клейма, которое бы говорило о его владельце.

Это кардинально поменяло наши планы. Мы передумали продавать наш верный таунхаус и делать в нем третью комнату. Мы восстановили его в прежнем виде и сделали хороший современный ремонт. Он стал для нас «запасным аэродромом», дополнительным жильем на всякий случай, например, для гостей.

Эрик, как и хотел, купил себе с Хантером еще один дом, но за городом, точнее сказать, ферму и переезжал туда только на летнее время. Он оставил себе еще немного денег на свадьбу с Сарой. Досталось кое-что из этой находки и мне. Остальные слитки мы решили отдать на благотворительность.

Я вернулся в Европу и занялся своими обычными делами. Время от времени я начал покупать себе различные лотереи, играть в лото, принимать участие в разных конкурсах, но не для того, чтобы выиграть, а для того, чтобы поддержать фортуну, вселить в людей веру в нее. И пусть не всем сразу везет в этом большом мире, но надежда на победу притягивает удачу. И кто знает, кто тот счастливчик, кому повезет в следующий раз.

Однажды в Бинске

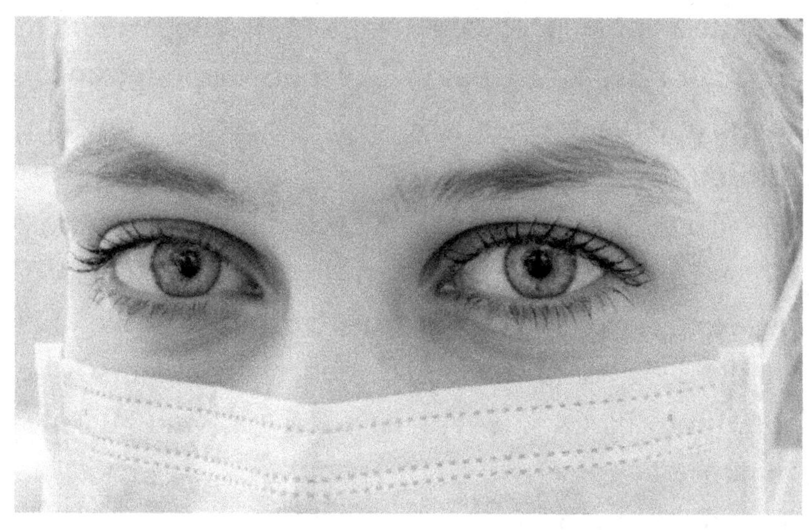

1

Много разного сказано в адрес природы и времен года. Одни люди то и дело жалуются на дождь, снег, жару и ветер; другие утверждают, что у природы нет плохой погоды, поют песни «лето, ах лето, будь со мной…», «весенний поцелуй среди жаркого лета…» или читают стихи типа «этот май кудесник, этот май чародей…». Конечно же, в любом месяце любого сезона есть прекрасные денечки на любой вкус, но, как правило, – это теплые и солнечные периоды. Трудно себе представить человека, которому мог бы нравиться угрюмый осенний день со сплошь затянутым серым небом, напоминающим ветхий прохудившийся брезент, сквозь разлезшиеся от времени дыры которого, редко проглядываются тоненькие струйки дневного света и с утра до вечера весь небосвод обволакивает колючий мокрый и ноющий дождь. Его можно было бы сравнить разве что с виртуозным виолончелистом, дающим сольный концерт, пробирающий до кончиков волос, как будто бы его смычок скользил по оголенным струнам человеческой души, издавая то плач о прошедшем лете, то радость от предстоящей весны.

Кое-кто на улице, выпуская пар изо рта, торопится поскорее оказаться в уютном помещении, по возможности у себя дома, занять любимое место на кухне и поесть горячих пирожков с яблоками или фруктовым повидлом, или с чем-то еще, но обязательно что-то сладкое в противовес такой кислой, промозглой погоде.

Константин Иванович Буднев обожал именно такую погоду. Он объяснял это тем, что ему лучше думается под звук дождя и вой ветра. Константин Иванович был талантливым хирургом в областной больнице города Бинска, где он работал со студенческих лет. Обаятельный мужчина 44-х лет был красив во всем: его внешний вид гармонично сочетался с его характером. Всегда тщательно выглаженная одежда, начищенная обувь, идеальная свежая стрижка, и твердые руки, подчеркивали его пунктуальность, немногословность и преданность своему делу. На его счету были десятки сложных операций, которые увенчались успехом. Он требовал полной отдачи на работе от себя и от коллег.

Наверное, именно через такие высокие стандарты и преданность делу Константин еще не встретил свою спутницу жизни и не завел настоящих друзей. Тратить свое драгоценное время на лишь бы что он не хотел. Злые языки в его коллективе говорили, что их двухметровый (на самом деле, его рост был всего лишь 186 см) коллега уже свел с ума не одну медсестричку своими выразительными синими глазами под защитой густых черных ресниц и с рельефным орлиным носом как у римского гладиатора. Барышни готовы были работать даже в ночные часы, лишь бы попасть в одну смену с успешным хирургом-холостяком. Однако, красавец и профи не замечал охотившихся на него девиц и те, отчаявшись, начали выдумывать про Константина Ивановича всякие нелепые сплетни. Благодаря им за доктором закрепилось прозвище «женоненавистник». Поэтому девушки сменили предмет своего воздыхания и перенесли все их свежие, романтические чувства на Бориса Николаевича Каца, не менее интересного и продвинутого холостяка в лице заведующего психиатрическим отделением этой же больницы.

Константин часто сталкивался с Борисом по работе. В знак протеста против «врачебного произвола» больные отделения доктора Каца постоянно глотали предметы типа ключей, колец, пуговиц, в общем, все, что под руку попадется.

Врач-хирург и врач-психиатр родились в один год и закончили один мединститут в своем родном Бинске. Во всем остальном земляки отличались друг от друга, как апельсин от поезда. Маленький, толстенький и лысенький психиатр был веселого нрава, непринужденным в общении и открытым для людей. К нему не боялись обращаться граждане по любому вопросу, поскольку бытовало мнение, что Борис Николаевич очень доброжелательный, он все правильно поймет и поможет.

В отличии от хирурга, психиатр не аккуратничал ни с одеждой, ни с данным им словом. Он часто забывал свои обещания, опаздывал на совещания, но любил свою работу и хорошо с ней справлялся. Завидная приверженность итальянскому бренду от «Валентино» не спасала его дорогие вещи от жирных пятен, помятости и потрепанности. Случалось, хоть и весьма редко, что после «важных встреч» Борис Николаевич приходил на работу в середине дня с запахом алкоголя от которого можно было легко зажечь факел,в наспех одетых на босу ногу дорогих туфлях от «Васко Росси»,что посторонний человек в такие дни мог принять доктора за пациента его же отделения.

Однако заведующему все прощалось за его доброту, компетентность и демократичность управленческого стиля. В больнице его называли кудесником и чародеем, а благодарные родственники больных помогали его отделению в приобретении современной лечебной техники, ремонте палат, кто на что был горазд, главное, что все шло от души и получалось как мечтали в старые добрые времена «от каждого по способности, каждому по потребности».

Как и Константин, Борис тоже любил свою работу, но ставил это себе в заслугу или даже другим в пример. Он также не был женат, но скорее не через работу, а потому, что ему надоели девицы, которые все как на подбор одинаково пользовались заезженными до дыр популярными выражениями, одевались по одной моде, имели похожий макияж и говорили на банальные темы или делились сплетнями. Как галантный мужчина и женский угодник Борис со всем соглашался, всему умилялся, брал у дамочек телефончик, но никаких серьезных отношений он не заводил.

2

Зазвонил будильник. Его невыносимый тон напоминал звук трения вилки о дно сковороды. «Ох и будильник!» – каждое утро сетовал Константин, намереваясь купить новые нормальные часы, но после душа, завтрака и выпитой ароматной чашечки кофе, внимание доктора переключалось на другие, более важные дела и старый, бессердечный будильник продолжал жить своей жизнью, а окончательно проснувшийся хирург шел на работу.

Сегодня, как и всегда перед тем как выйти на улицу, он подошел к окну, отодвинул занавеску. За окном было сыро из-за сорвавшегося со всех катушек дождя, который лил всю ночь напролет, а к утру оставил после себя плотный туман и косую мряку. «Погода – то, что доктор прописал», – пошутил про себя Буднев и пошел в гараж за своей Хондой.

Он ехал не спеша, наслаждаясь видом погоды за окном. Ему было уютно на сердце и дышалось легко. Постепенно все его мысли переключились на рутинную работу и на список блатных пациентов, которых он должен был сегодня принять в больнице. Буднев не любил делить людей на знакомых и остальных, но все его коллеги и друзья всегда его просто умоляли о помощи и он не мог никому отказать, хотя они могли бы записаться, как все, ведь хороший врач лечит всех одинаково – он просто по-другому не умеет.

Неожиданно Константин увидел что-то, а вернее кого-то прямо перед его движущейся машиной. Он ударил по тормозам, но за счет инерции машину протянуло вперед, ударив человека.

Константин отстегнул ремень безопасности и быстро поспешил на помощь. На него жалобно смотрела пара больших и очень грустных серых глаз, которые молили о помощи, ни то из-за удара, ни то, скорее всего из-за чего-то еще.

– Извините меня, пожалуйста. Вы так неожиданно возникли перед машиной, я вас не заметил. Я никого не обвиняю и не оправдываюсь, извините, мне очень жаль. Вы не сильно ушиблись? Я вызову скорую помощь, и полицию. Вы можете двигаться? – обратился к молодой девушке перепуганный Константин.

Тело, которое лежало сверху на капоте машины и которому принадлежала пара несчастных глаз, молчало и просто умоляюще смотрело в его сторону.

– Да, – сказал Константин, вытягивая мобильный телефон, – вам сейчас не до вопросов. Все будет хорошо, потерпите, сейчас приедет скорая.

Вдруг тихий, сдавленный женский голос со всхлипываниями остановил его:

– Нет! Пожалуйста, не нужно скорую и полицию, я сама могу идти. Мне только передохнуть пару минут…

– Хорошо, вы только не волнуйтесь. Мы во всем разберемся. В конце концов, я сам доктор и если у вас руки, ноги целы, то я отпущу вас на все четыре стороны, – говоря это, он подхватил незнакомку под руки и поставил рядом с собой.

Она была легкая, как одуванчик, не более 40 кг веса и напоминала узницу замка Иф.

– Пожалуйста, отпустите меня, вы же видите, что я стою нормально и мои ноги и руки не поломаны, – попросила потерпевшая.

– Будь по вашему, идите если хотите, – сказал Константин, – только напишите вначале мне расписку, что вы не имеете ко мне никаких претензий, а то знаете, сейчас вы говорите одно, а домой придете и передумаете, и напишите заявление в полицию, что якобы я вас сбил и скрылся.

Пока он полез в бардачок машины за бумагой и ручкой бедняга шатаясь со стороны в сторону, направилась к середине шоссе; то ли потому, что действительно хотела его пересечь, то ли просто пошла наугад от греха подальше.

Константин сопровождал ее взглядом. Вдруг беглянка задрожала, ноги ее подкосились и она рухнула без чувств прямо на асфальт на проезжей части.

– Что же это такое? – беря ее на руки, сказал водитель-хирург.

– Не надо больницы, – как мантру лепетала незнакомка.

«Ладно, была не была, отвезу ее к себе, а там видно будет», – решил участник происшествия.

Он бережно посадил девушку в машину и только сейчас обратил внимание, что она в больничной пижаме и босая. Ее коротко остриженные седые волосы и худощавость вместе с легкой сутулостью старого человека указывали, что ей было лет 50, но выражение ее лица и особенно глаза молодой девушки, почти ребенка делали невозможным определить ее точный возраст и ставили под сомнение любую, даже приблизительную цифру.

– Я отвезу вас к себе домой, вы не против? – спросил доктор.

– Спасибо.

Константин сразу позвонил на работу и сказал, что сегодня не выйдет, поскольку неважно себя чувствует, но добавил, что температуры нет, чтобы не волновались. Это была чистая правда. Он чувствовал себя плохо. Мало кто из участников даже самого легкого ДТП избегал стресса, который давал о себе знать если не сразу, так позже, а для хирурга, даже такого бывалого и не лишенного самообладания, твердость рук и спокойствие были не просто желательны, а необходимы.

3

Константин заехал в дачный поселок под названием «Цветущий сад», где находился его загородный дом, который он сам строил в течении десяти последних лет. Когда дом был закончен, его владелец объявил, что отныне будет жить на природе, выращивать овощи, фрукты и слушать пение птиц. Чтобы его не забывали в городе, каждую субботу он приглашал к себе родственников на шашлык или барбекю.

Родители поддержали решение сына и отдали ему в компаньоны Тимофея, кота с большой буквы и с роскошной рыжей шерстью. Животное любило не всех, кто к ним приходил. Все зависело от запаха гостей. Поэтому у мурлыки сформировались свои методы общения с новыми людьми. Хорошо пахнешь – добро пожаловать; плохо – будешь пахнуть еще хуже!

– Тимофей, – обратился к коту Константин, – сегодня у нас гостья, прошу любить и жаловать.

Этот тон пушистый бродяга знал хорошо. Он означал, что представителям семейства кошачьих не надо попадаться под ноги. Поэтому послушный кот, осторожно обнюхал пришедшую в его дом даму,и сразу отпрыгнул в сторону в знак несогласия с ее тошнотворным запахом. На человеческом языке это выглядело бы так: «Если бы у нею была обувь, я бы отреагировал…».

Тем временем, Константин устроил незнакомку в своем кабинете и как подобает врачу, измерял давление, проверил пульс и пропальпировал все жизненно важные органы насколько позволяли домашние условия. Девушка отнеслась к этому с пониманием и благодарностью одновременно. Диагноз, который поставил хирург – обезвоживание и хроническое истощение. Девушку необходимо было лечить на стационаре и доктор собирался ей это объяснить в ближайшее время, а сейчас он просто дал достаточно воды и еды и оставил ее, чтобы она могла спокойно отдохнуть.

4

Тимофей промчался мимо своего хозяина, предвкушая незапланированную прогулку на воздухе и притаился возле входной двери в ожидании сигнала. Наконец, в дверь постучали и Константин поспешил ее открыть. На пороге появился Виталий Петрович по прозвищу Говорун, сосед по даче, тем временем благодарный кот скрылся в дверном проеме. Не смотря на излишнюю общительность, сейчас Говорун пришел отнюдь не поболтать.

– Добрый день, Костя, – обратился он по-соседски, – а я смотрю машина твоя стоит в это время дня здесь, дай думаю, зайду к тебе, узнаю; может, ты посоветуешь, что делать с моей Аннушкой, а то снова что-то съела и жалуется на живот. Жена говорит температура даже поднялась…

– Привет, Петрович, говоришь ребенка чем-то покормили? Рвота, жидкий стул есть?

– С ней все время моя жена Валя, я не знаю, – пожал плечами папаша.

– Идем, поговорим с твоим женским царством, – сказал Константин и они направились в дом Говоруна.

– Привет, Костя, извини за беспокойство. Мы решили подстраховаться и посоветоваться с тобой, раз уж ты дома, – сказала Валентина. – Я бы не стала волноваться, если бы у Ани спала температура, а то ведь таблетку жаропонижающую ей даю, а она рвет назад и 38°С не падает, а впереди целая ночь…

Константин зашел в комнату больной дочки Виталия и Валентины. Ей было пять лет и она, как две капли воды, была похожа на своего отца.

– Здравствуй, принцесса, как дела? Почему не приходишь играть с Тимофеем? Он прислал меня спросить когда ты его навестишь? – сказал Константин.

Она с трудом выдавила из себя улыбку и ответила:

– Дядя Костя, я уже взрослая и знаю, что котики не умеют говорить.

– Ах, вот оно, что! Ты просто умница! Но скажу тебе по секрету, что мой Тимофей точно умеет говорить, но только на своем кошачьем языке, а я научился его понимать. Хочешь, я сейчас проверю почему у тебя болит животик, а потом научу тебя тоже понимать моего мурлыку? – предложил доктор.

– Да, – чуть слышно проговорила девочка.

Как специалист он осмотрел ребенка и сделал неутешительные выводы. Все указывало на воспаление аппендикса.

– Петрович, нужно срочно везти Аню в детскую областную больницу, собирайтесь быстрее, я буду ждать вас в машине.

Бюрократия проникла как невидимая радиация во все сферы человеческой жизни. Не обошлось без нее и в детском здравоохранении. Прежде, чем попасть к врачу, нужно было заполнить много бумаг, а после этого неизвестно сколько ждать пока пригласят на прием. Константин знал, что времени на любые ожидания у них уже нету. Поэтому он сразу пошел к заведующему детской областной больницы, представился и попросил обследовать Аню без очереди. К счастью, он был услышан и его диагноз подтвердился. Девочку быстро прооперировали и спасли.

5

На следующее утро Константин зашел проведать свою необычную гостью.

– Доброе утро, как вы? – обратился он к ней.

– Спасибо, намного лучше, – ответила та.

Константин продолжил:

– Мы вчера с вами не познакомились. Понятно, нам было не до этого, но сегодня вы у меня в доме и я хотел бы знать кто вы, как вас зовут, почему вы так выглядите…

– В голове все перемешалось, я не помню многих вещей, которые со мной происходили в последнее время. Мне… стирали память, я должна хорошо подумать, – нерешительно произнесла девушка.

Глядя на бедолагу, он подумал, что она либо боится раскрываться первому попавшемуся человеку, чтобы снова не оказаться там, откуда сбежала, либо еще не до конца отошла от ДТП. Чтобы определить в каком она состоянии и почему это говорит, он ее снова спросил как ни в чем не бывало:

– Вы помните как вам стирали память?

– Думаю гипнозом, – ответила она.

– Вы посещали сеансы гипноза?

– Нет, меня несколько лет держали в больнице и проводили разного вида «лечения», в том числе и гипноз.

– Я понял. Давайте поступим так: Сейчас я поеду на работу, а вы с Тимофеем останетесь на хозяйстве, покушаете, отдохнете, вспомните как вас зовут, например, а вечером я вернусь и мы поговорим. Только, пожалуйста, никому дверь не открывайте. ОК? – попросил хозяин дома.

– ОК, – согласилась девушка.

Константин не знал, что думать. Он гнал от себя мысли, связанные со сложившейся ситуацией, так как чувствовал, что пахло неприятностями, но надо было заниматься делами. Он достал телефон из кармана и прочитал новое сообщение. Оно было с работы и в нем говорилось, что в психиатрии произошло какое-то ЧП и, возможно, нужна будет его помощь.

«Мамма мия! Паппа Педро!», – подумал Константин (он всегда говорил эти слова вместо мата. «И здесь ЧП! Пришла беда, открывай ворота… Ну какая же точная наука народная мудрость!»

Константин переступил порог кабинета Бориса Николаевича. Там уже были заплаканная медсестра, серьезный санитар, спокойная, но настороженная анестезиолог и негодующий заведующий.

– Здравствуйте, дорогой Константин Иванович, спасибо, что пришли. Присаживайтесь, у нас неординарная ситуация, – сказал Борис Николаевич, а затем сухо обратился к медсестре:

– Расскажите все по порядку.

Медсестра начала плакать и сбивчиво объяснять случившееся:

– Сегодня утром я… я зашла в палату № 6, как всегда в 7:00 утра, чтобы поставить капельницу больному Иванову и… – она замялась.

– И… – подгонял ее заведующий.

– … увидела, что в кровати рядом с ним Русакова из 3-ей палаты. Иванов вскочил на ноги. Я испугалась и позвала на помощь санитара

Василия (она кивнула в сторону присутствующего санитара), а больной Иванов в знак протеста разломал напополам свой зубной протез, после чего схватил одну половину и положил ее в рот. Я хотела забрать, но он заявил, что уже проглотил. Затем он убежал в туалет, где сидит до сих пор и никого не пускает.

– Быстро ведите его в рентген кабинет, – распорядился хирург, – нужно посмотреть где протез сейчас находится. Если повезет, мы успеем дать ему лекарство для рвоты. В противном случае, Иванову может понадобиться операция…

Внезапно без стука открылась дверь и зашла уборщица с полным ведром воды для мытья полов и шваброй. Она увидела заплаканную девушку и смекнула, что это потому, что кто-то из пациентов в ее смене потерял протез:

– Вот, нашла, когда мыла в 6-ой палате, – сказала она и протянула, словно игрушку плачущему ребенку, две половинки зубного протеза медсестре.

– Большое спасибо, – поблагодарила та.

На этом все вздохнули с облегчением и покинули кабинет Бориса Николаевича, которому уже кто-то звонил по телефону. Едва выйдя за порог, анестезиолог словно сама себе пробубнила:

– На этот раз обошлось, надолго ли.

– Ну, что же вы хотите, контингент в вашем отделении ранимый. – улыбнулся Буднев.

– Ранимый? – задала риторический вопрос анестезиолог и посмотрела по сторонам, чтобы убедиться, что все остальные уже успели уйти вперед. – Зайдите в отделение вечером, вы многое сможете услышать. Вчера, например, прохожу я мимо так называемой VIP-палаты, а там визги-писки…

– Не могу поверить, чтобы у такого ответственного руководителя, как Кац были серьезные нарушения дисциплины в отделении. И на старуху бывает проруха, – попытался смягчить неловкий разговор Константин.

Анестезиолог продолжила:

– Константин Иванович, вы – хороший хирург и добрый человек. Можно я у вас что-то спрошу? – сказала анестезиолог и взяв его под руку, направилась вместе с ним в его кабинет.

Сперва Константин подумал, что у нее вопрос к хирургу по личному здоровью. По дороге же она уточнила, что на своем вечернем дежурстве неделю назад, услышала отдаленные душераздирающие крики, какие бывают, когда людям намеренно причиняют боль. Она пошла на звук этих криков и они привели ее к той самой VIP-палате, которая находится в самом конце психиатрии и номера на ней нет, поэтому ее и назвали VIP. Только собралась она туда зайти, как из палаты вышел Борис Николаевич, рассерженный и взъерошенный. Увидев ее он удивленно спросил:

– Не ожидал вас здесь увидеть так поздно,что вы здесь делаете?

– Борис Николаевич, я на дежурстве сегодня. Я услышала крики и пришла посмотреть, что произошло.

– Чтобы не позволить нашим пациентам причинить себе вред, им одевают усмирительные рубашки, а это иногда вызывает у них истерику, вот они и выносят мозг. Моя дорогая, будучи врачом вы не должны быть такой ранимой, одной ведь жалостью больным не поможешь. В следующий раз постарайтесь сфокусировать ваше внимание на ваших непосредственных профессиональных обязанностях или меняйте работу, – высказался Борис Николаевич как бы в шутку, но было видно, что он серьезен.

– С тех пор наши отношения с Кацом дали трещину, Константин Иванович. Я стала подозревать его в том, что он занимается лечением незарегистрированных больных (иначе почему на палате нет номера), а он меня в том, что я сую свой нос не в свои дела или что мне не достает профессионализма. Как бы там ни было, я решила дать вам знать наперед если вдруг он захочет меня уволить или начнет распускать неправдивые слухи, – излила душу анестезиолог.

Разговор с ней оставил неприятный осадок у Константина. С одной стороны он подумал, что она преувеличивает, с другой стороны факт был на лицо, что существует какой-то конфликт. Также Константин подумал, а что если и в его коллективе кто-то на него обижается и подобные вещи разносят за его спиной?..

6

Вернувшись домой, Константин с удивлением увидел, что кот сидит у входной двери и жалобно мяукает. Он зашел домой и обнаружил, что девушки нигде не было. «Хм… видно, уже поправилась…», – подумал он немного негодуя, что никто ее не заставлял к нему приезжать, а теперь она убежала ничего не сказав; впрочем он был виноватым в дорожном происшествии, а поэтому винить девушку ни в чем не мог.

В дверь позвонили. Это был Говорун:

– Привет, Айболит! Аннушка передает тебе и Тимофею большой привет и готовится к вам в гости, – начал Виталий. – Мы с Валей очень тебе благодарны, что ты спас нашу дочь. Мы теперь твои должники.

– Петрович, это моя работа. Не бери в голову. Передавай Анютке большой привет от меня и Тимофея! – постарался быстрее выпроводить соседа Константин.

– Минутку, Костя, я не только за этим к тебе пришел. Пока тебя не было по нашему поселку ходили два полицейских. Они зашли ко мне и показав документы, объяснили, что ищут сбежавшую из тюрьмы. Показали ее фотографию, а там худорба какая-то и больше похоже, что не она опасна, а ей грозит опасность. А у этих двух морды красные, одним взглядом такую бы переломали надвое.

– Странно…

– Вот и я тоже подумал. Видно, девчонка стала свидетелем чего-то, не похожа она на преступника, – сказал Виталик задумчиво – Но, я не зря тебе сказал, что мы твои должники.

– Ты в курсе? Я забрал девушку к себе домой после ДТП, после того как я ее сбил, – пояснил Константин. – Она отказалась ехать в больницу, но если, как оказывается, ее ищут, то мы все в опасности и она не может здесь оставаться. Я заберу ее к себе, а потом будет видно.

– Да. Накануне я видел у тебя в окне какую-то худорбу, поэтому как тех двоих выпроводил пошел к тебе предупредить. Постучал, а там она, сразу открыла. Я объяснил в чем дело и она не сомневаясь пришла к нам с Валей. Мы спрятали ее в своей тайной комнате. Думаю, уже безопасно, идем быстрее.

Увидев Константина, Валентина поблагодарила за помощь дочери, а затем кивнула в сторону страдалицы:

– Бедняга.

– Мне стало лучше и я все вспомнила, – сказала девушка, – мне 17 лет. меня зовут Элла Круг. По крайней мере, так меня называли в интернате, в больнице меня никак не называли. Извините, что впутала вас в эту историю я сейчас же уйду, чтобы не подвергать вас опасности.

– Элла, – вмешались Валя, – оставайся у нас в тайной комнате пока опасность минует.

– Может, это и неплохой вариант, однако в долгосрочной перспективе проблему нужно решать. Мой бывший одноклассник – детектив, он поможет разобраться в ситуации. Тебе подходит? – спросил Константин Эллу.

– Мне нечего скрывать. Единственное чего я боюсь, – это чтобы тот доктор Ло не подкупил всех и меня не вернули ему. У него много людей в подчинении и есть деньги. Его боятся и слушаются.

– Да уж, врач… – сказал Константин.

– А что этому Ло от тебя надо, – спросила Валентина.

– Вначале я была под его наблюдением и он писал обо мне в своих медицинских открытиях так как меня считали необычным ребенком. В детдоме ко мне приглашали профессоров потому, что я ночью гуляла по крышам, а объяснить, что мне просто нравится смотреть, когда город спит, я не могла потому, что не умела говорить, хотя глухой не была. Сейчас я уверена, что молчала, из-за того, что долго не понимала русского языка, а свой родной, возможно, от стресса и потери родных, моя память заблокировала.

В трехлетнем возрасте меня нашли рыбаки на берегу моря после шторма. А как я там оказалась одна синяя холодная и полуживая никто не знал. Никто меня никогда не искал. Постепенно речь ко мне вернулась и не только днем. Девочки с которыми мы вместе жили в комнате часто обижались на меня за то, что я не даю им ночью спать своими разговорами во сне на непонятном языке. Они постоянно просили воспитательницу отселить меня от них. А я, чтобы задобрить своих подруг показывала им разные номера в воздухе, как летающие гимнасты в цирке. Девочкам это нравилось и они на меня больше не сердились.

Иногда я брала за руку самую маленькую из них, Катю, и мы, накрывшись простыней, подлетали к потолку как Карлсон. До больницы я могла летать, но не больше 10 – 15 минут.

В отличии от всех ребят в детдоме, я также могла менять цвет моей кожи в зависимости от эмоций и своего воображения, как другие люди, когда они краснеют или бледнеют от стыда или страха. Не все могут контролировать это, а я могу. Стоит мне представить даже зимой, что я загораю на море и солнце оставляет веснушки на моем теле, и эти веснушки вместе с загаром действительно проявятся; или я могу представить себе зеленый лес в котором мне нужно спрятаться и тогда моя кожа станет серо-зеленой. Бывали дни, когда я представляла себя в Африке, и моя кожа темнела как кофе с молоком. Все это я держала в секрете: у нас в детдоме у каждого были свои маленькие секреты, поэтому я не считала это чем-то особенным.

Когда мне исполнилось примерно лет десять, к нам пришел новый врач. Он отобрал детей со всякими отклонениями в специальный интернат и я вместе с тремя мальчиками переехала на новое место. Там было красиво и комфортно. На территории интерната рос большой парк и широкие ухоженные газоны с необычайно красивыми цветами. Прямо в парке повесили качели, обустроили велосипедные дорожки и установили баскетбольное поле и теннисный корт. К нам приходили учителя из разных мест и три раза в неделю проводили с нами тренировки, а также нас учили математике, рисованию и русскому языку. С этого все и началось, – заключила Элла.

7

На следующее утро Константин проснулся в 4:00 утра. Он выпил кофе и стал обдумывать свои планы на предстоящий день. Первым пунктом было позвонить Егору Сопину, своему бывшему однокласснику, который сейчас работал детективом. О нем говорили, что он хороший сыщик и в его в команде задействованы даже иностранные специалисты. И хоть услуги стоили дорого, но дела велись четко, с соблюдением конфиденциальности и, что важно, с быстрым раскрытием дел.

Затем Константин вспомнил вчерашний рассказ Эллы, где она говорила, что летать – это ее потребность и что она летала с Катей… Он еще вчера хотел уточнить, что это значит, но с одной стороны, не хотел, чтобы девушка думала, что на нее давят, а с другой, боялся ее прерывать, чтобы не сбить с мысли, поскольку она еще была слабой и только едва ее память восстановилась. Была ли девушка потенциальным кандидатом для отделения Каца, было ли это детское воображение или еще что-то Константин не знал.

Поскольку встал он рано и времени у него было достаточно, ради интереса он решил загуглить вопрос о том есть ли научное объяснение подобному феномену. Его очень удивило, что о способности людей летать собрано море интересных материалов и даже кое-какие факты. Согласно поисковику, наиболее часто данное явление связывается с понятием «левитация». Слово «*levitas*», выяснил Константин, в переводе с латыни означает «легкость, легковесность», а сам термин подразумевает возможность преодоления гравитации, при котором что-то парит в пространстве, не касаясь поверхности. Интересно, что в эпоху Возрождения во времена охоты на ведьм католическая Церковь по способности человека летать, определяла ведьм, колдунов, волхвов, фей и т.д.; на эту тему был даже выпущен «авторитетный справочник» под названием «Молот ведьм».

В 1603-м году в одной бедной итальянской семье родился слабый, болезненный ребенок Джузеппе Деза, который в 17 лет стал монахом и отличался от других тем, что во время молитвы впадал в исступление и однажды просто оторвался от земли, пролетел по воздуху и приземлился в алтаре монастырского собора. Монахи решили показать его римскому папе Урбану VII. Джузеппе повис в воздухе перед папой и тот счел это божественным даром. Поэтому через 104 года монах Деза был канонизирован как Йосиф из Копертино.

В литературе по йоге и буддизму левитация – это одна из приобретенных способностей Сиддхи. В частности она описана в йога-сутрах: вследствие сосредоточения сознания на легкости, возникает способность передвижения в акаше, благодаря чему можно передвигаться по воде.

Случаи левитации предметов описаны также в источниках по спиритизму конца XIX – начала XX веков. Считается, что левитацию используют медиумы, шаманы, а также она известна как психокинез (власть духа над материей) в парапсихологии. Состояние левитации в этом случае длится как правило не более нескольких минут. Однако медиум Дэниэл Данглас Хьюм, который заставлял неоднократно подниматься в воздух мебель и другие предметы, сам при свидетелях парил в воздухе более, чем 100 раз, а в 1868-м году он вылетел за пределы своего дома через окно и таким же образом туда вернулся. Во время своих полетов Дэниэл не находился в состоянии транса и отдавал себе отчет в том, что происходит. Он говорил, что неведомая сила поднимает его и он ощущает «электрическую полноту» у себя в ногах.

Константин прочитал также о левитации в фантастике, философии и даже в сказках в виде ковра-самолета и пришел к выводу, что летать при желании скоро сможет каждый, если всерьез этим займется. «Может Эллын врач этим и занимался и хотел сделать открытие в современной науке? Но похоже, его уже сделали до него. И как надо было издеваться над девушкой, чтобы она сбежала куда глаза глядят и теперь боялась, что ее снова найдут и убьют. М-да, по-моему наукой тут и не пахнет», – раздумывал Константин. Он посмотрел на часы. Время уже позволяло звонить другу, и он набрал номер Егора.

8

– Сколько лет, сколько зим! Костик-тостик! – послышался в трубке голос Сопина.

– Удивил, Егор, такая серьезная профессия, а в душе – ребенок, – засмеялся одноклассник.

– Да, знаю, что по пустякам не стал бы звонить спозаранку, но не сразу же напускать на себя строгий вид, можем же мы обменяться смол токами, но а по делу, лучше встретиться. Жду тебя в 16:00 во дворе нашей школы.

– Ты серьезно? Может лучше в кафе? – удивился Константин.

– Запомни, серьезные дела в кафе не обсуждают; там под каждым столиком прослушка и видео камеры, хоть одна, но работает.

– Сразу видно, профи! До вечера! – подтвердил Константин, у которого словно груз с сердца упал.

В этот день работы у хирурга было много и время пролетело быстро. Когда он подъехал к школе, Егора еще не было и он посмотрел сначала на школьный двор, где он когда-то с одноклассниками взвешивал старые газеты и журналы, чтобы определить победителя в сборе макулатуры; потом на футбольное поле за школой, где они с пацанами гоняли в футбол… Приятные воспоминания вызвали добрую улыбку.

– Сорри, бадди, проклятые пробки, – послышался голос Егора возле уха. – Вижу, что на тебя нахлынули добрые воспоминания.

– Ты мысли читаешь?

– Работа такая…

– Тогда я по адресу, – сказал Константин и вкратце рассказал Егору суть проблемы.

– Сколько ты говоришь ей лет? – переспросил Егор.

– Она выглядит на 50, но говорит, что ей 17. По развитию я бы вообще дал бы ей лет 12. С медицинской точки зрения это, в какой-то мере, можно объяснить, даже уровень мышления ребенка, ведь она была изолирована от внешнего мира.

– Как врачу, не показался ли тебе рассказ Эллы бредом сумасшедшего, или фантазиями юношеского периода?

– Я сам сомневался вначале, но ее внешний вид и полиция с фейковой легендой… Это как врач. Если ты на счет ее полетов думаешь, тут немного сложнее, но похоже, что и это в принципе возможно.

– Ладно, на счет ее кейса – гарантий давать не могу, но девчонке мы поможем: изменим внешность, выдадим документы; а с мучителями может затянуться… Кстати, она вспомнила имя врача, – спросил Сопин.

– Какой-то Ло.

– Это – зацепка. Сделаем так: сегодня ты подготовишь Эллу к нашей встрече, чтоб она чувствовала себя спокойно. Потом я возьму у нее «интервью», и исходя из этого, мы решим, что делать дальше? Если я пойму, что ситуация, действительно, дурно пахнет, то ей нельзя будет оставаться у соседей. У тебя есть куда ее перевезти?

– Нет.

– Ладно, решим и этот вопрос.

– Егор, я стесняюсь у тебя спросить, но все же… Сколько стоят твои услуги?

– Полцарства и принцессу в придачу, – отшутился детектив.

– Нет, скажи, я должен рассчитывать свои силы, – настаивал Константин.

– Не морочь голову! Текущие расходы типа билетов, расходные материалы, и т.д. – на тебе. Остальное беру на себя по старой дружбе.

– Супер! Если тебе что-то нужно, тоже обращайся. Могу помочь по медицине.

9

Константин был очень рад встрече с Сопиным. Он подумал, что все-таки был не прав, когда лишний раз сторонился встреч с людьми.

Общение полезно для ментального здоровья. Не зря классик делал ударение на том, что жить в обществе и быть свободным от общества – невозможно. Даже если это общество не идеально, лучше быть в социуме, чем жить в полном одиночестве. Не успел он до конца воспеть людскую коммуникацию, как зазвонил телефон:

– Алло, Буднев слушает, кто говорит.

– Алло, – промурлыкал сладкий женский голосок, это я.

– Кто я? – переспросил Константин.

– А угадать слабо? – промурлыкала снова незнакомка в трубке. Видимо, ей доставляло удовольствие играть с собеседником.

– Сразу скажу вам, я не экстрасенс и времени с вами болтать попусту у меня нет. Поэтому, либо говорите зачем вы звоните, либо разговор окончен, – отрезал словно скальпелем хирург.

– Нет, нет, не надо заканчивать со мной разговор, я так давно хотела поговорить, – снова сладко произнесла девушка.

Интрига подействовала на Буднева и он сказал:

– Даю вам еще одну попытку и если…

– Ну ладно, ладно, не будь занудой, это я Маша Ворона, мог бы и сразу узнать, мы с тобой все-таки весь 9-й класс за одной партой сидели!

– Машка! Рад тебя слышать, я как раз недавно с Егором виделся. Постой, это, наверное, он тебе дал мой телефон?

– Я бы все равно тебе позвонила днем раньше, днем позже от имени и по поручению нашего класса. Тебя все хотели видеть. Ты собираешься в феврале на встречу выпускников?

– Знаешь, Маша, я не уверен, если честно. Не потому, что я вас игнорирую, потому, что с моей работой я никогда не знаю, что будет наперед; поэтому и ничего никому не обещаю.

– А я, по правде говоря, точно не буду на встрече. Я к этому времени должна вернуться в Италию, я там живу уже 15 лет. Поэтому пользуясь случаем предлагаю тебе встретиться лично со мной в самое ближайшее время; кто знает, когда в следующий раз выпадет случай, может, когда совсем состаримся и с сиделками выйдем на прогулку.

– На это я пойтить не могу! – пошутил Константин процитировав популярный фильм. – Завтра в 18:00 приглашаю тебя на ужин в ресторан «Бамбу». Подходит?

– Это случайно не вьетнамская кухня?

– Да, я вегетарианец, но там и мясо есть, мясо креветки если быть точным.

– А еще там есть тошнотворный запах! Давай просто встретимся в кафе и поболтаем.

– Как говорит один мой коллега, желание женщины – закон.

– *Woman's desire is a law*, – повторила Маша эту же фразу на английском языке. Константин обратил внимание на последнее слово, «ло». Так звали мучителя Эллы. Вначале Константин думал, что это было его имя или фамилия, а сам он мог быть, азиатского происхождения, но теперь он посмотрел на это слово под другим углом.

Вслух Константин сказал:

– Маша, какое кафе тебе нравится?

– «Две чашки», оно – возле нашей школы.

– Тогда до завтра!

– *Bye-bye*!

Константин вспомнил Марию Ворону в те годы, когда они учились в школе. Она никогда ему и никому не нравилась. Белая как альбинос толстушка, вечно сачковала физкультуру, за что и заслужила прозвище Рохля, к тому же она была тугая и не поворотливая мозгами. До нее изучаемые предметы доходили как до жирафа, она никогда с первого раза не понимала объяснения учителей и ее родители вечно бегали за репетиторами и просили их позаниматься с Машаней. Справедливости ради, надо сказать, что Рохля любила географию и очень преуспевала в ее изучении. Поэтому за обещание дружить с ней все просили у нее списать контрольную по географии. А теперь через столько лет ее бывший одноклассник сам приглашал Рохлю в кафе, вот, время, что с людьми делает!

10

Когда Константин зашел к Говоруну, он услышал аплодисменты и веселый смех Анны и Валентины. Так они поддерживали Эллу, которая показывала им свои номера в воздухе. У Константина сперло дыхание. Одно дело читать про такие вещи, и совсем другое видеть это своими неподготовленными глазами. Женщины – молодцы: они более склонны к загадкам, секретам, мистике и воспринимают их по факту положительно и с радостью, как в данном случае.

Элла увидев меня, опустилась с потолка на пол, поклонилась зрителям, а потом поздоровалась со мной и спросила:

– Хочешь, я могу попробовать и тебя поднять только на спине?

– Не стоит, я очень тяжелый, но все равно спасибо, что спросила, – отклонил предложение Константин. – Я пришел с хорошими новостями, – обратился он ко всем. – Я разговаривал с со своим другом детективом, и он согласился нам помочь. Он уверен, что Эллу мы защитим, но пока существует опасность, возможно, ее придется спрятать в более надежном месте с охраной. Завтра Егор должен прийти, чтобы поговорить с Эллой и окончательно решить, насколько в этом есть необходимость. А сейчас вы расскажите мне, как вы живете и как ваш животик. – Константин подошел к Анне и взял ее на руки. Ребенок сразу понял, что нужно говорить правду и сказал, что живот не болит, потому, что все моют руки и слушаются папу, а папа сказал, что если мы будем соблюдать режим дня, то он купит нам подарки.

– Правильно, папа всегда выполняет свои обещания и он сегодня уже вам купил первые сюрпризы, – говоря это Константин подмигнул папе девочки и протянул Анне большой полиэтиленовый кулек в котором находилась огромная мягкая игрушка в виде медведя, а также новая одежда для Эллы и продукты питания для всех.

Валентина незаметно помахала пальцем соседу, дескать, не стоило так тратиться, но вслух сказала:

– Костя, ты покушаешь с нами, мы с Эллой и Аней такое жаркое приготовили, что пальчики оближешь!

– Кто же от такого праздника живота откажется? – согласился хирург.

Глядя со стороны на дружную семью соседа и довольную Эллу, он понял как прекрасно иметь свою семью, вот так вот собираться за семейным столом, делиться новостями, шутить, что-то решать в интересах родных, строить планы на будущее, просто быть нужным своей семье.

«Сколько времени я упустил, не заметил как оно пролетело в погоне за здоровьем моих пациентов. А теперь надо торопиться вскочить в последний вагон», – подумал преуспевающий врач. После ужина он пожелал приятного вечера главе семьи и девочкам и отправился кормить Тимофея.

В этот же день поздно вечером перезвонил Егор и сказал, что с Эллой нужно поговорить как можно скорее и предупредил, что ее фотографии расклеены уже по всему городу, а это говорит о том, что вся полиция поднята на ноги, значит Элла – важная цель.

11

Сопин не стал церемониться и явился к Будневу в 6:00 часов утра следующего дня. Константин позвонил Говоруну и тот их тихонько провел к Элле в комнату. Девушка не испугалась незнакомого человека, напротив, все кто приближал ее к развязке той страшной ситуации в которой она оказалась, были для нее лучиком надежды на безопасность и нормальную жизнь. Егор сразу перешел к делу:

– Элла, скажи, пожалуйста, с какой больницы ты сбежала?

– Я не знаю, как она называется, но это больница, потому что меня там постоянно пичкали таблетками, ставили капельницы и делали уколы. Все люди, которых я иногда видела были в белых халатах, – ответила она.

– А сколько времени ты пробыла там и как ты туда попала?

– После детского дома доктор Ло перевел меня еще с тремя мальчиками в интернат. Там я подружилась с одним из них, Павликом, он очень хорошо рисовал и мне нравилось за ним наблюдать. В интернате было много других детей, но они постоянно менялись: как нам объясняли, одни уезжали в школы для старших, или в новые семьи, а другие новенькие приезжали.

Только я и Павлик оставались на месте. Это укрепляло нашу дружбу и мы с ним делились всеми новостями и даже секретами. Он признался, что когда вырастет, то обязательно станет известным художником, а я сказала ему по секрету, что буду выступать как Дэвид Копперфильд. Я точно это знала, потому что сам доктор мне это часто говорил. Он много работал со мной, выдумывал разные игры и проводил гипноз. Он говорил, что у нас все получается и что скоро у нас будет весь мир в кармане.

Однажды на прогулку Павлик пришел позже обычного. Он был напуганным от того, что случайно услышал из приоткрытой двери в кабинете доктора Ло, когда проходил мимо,как доктор торговался с каким-то загорелым мужчиной о цене за каждого воспитанника нашего интерната. Доктор увидел, что дверь приоткрыта, но к тому времени как он подошел, чтобы ее закрыть, Павлик уже отбежал.

Я ему не поверила и даже накричала, чтобы он промыл уши. Павлик очень обиделся и ушел, а я пошла посмотреть на новеньких, которых привезли в этот день. Там была одна девочка и она сильно плакала. Чтобы ее как-то отвлечь, я показала ей пару фокусов и мы познакомились. Ее звали Катя.

Когда мы на следующий день встретились с Павликом, я извинилась, и он попросил меня помочь ему бежать, так как он боялся, что его тоже продадут. Я снова ему не поверила и даже хотела идти к доктору, чтобы он его вылечил, но Павлик начал плакать и просить меня просто отвлечь медсестру на прогулке пока он обойдет забор, чтобы найти там лазейку для побега. Два дня он ходил к забору и наконец нашел в одном месте внизу прорытую небольшую дыру через которую на следующий день решил бежать. Нам было по 13 лет и мы всегда верили всему, что нам говорили и обещали старшие, поэтому для меня был шок, когда Павлик попрощался со мной и взял с меня слово никому не говорить про его побег. Я пообещала и он ушел. Если бы ни Катя, я бы днями лила слезы по другу, мне его очень не доставало.

Прошло три дня. В интернате все шло своим чередом. Отсутствия Павлика как бы не замечали и у меня о нем ничего не спрашивали, как будь-то бы знали где он. Обычно всех нас пересчитывали перед сном и утром на линейке, а тут мальчик убежал и его даже не ищут. Тогда я стала присматриваться ко всему, что происходило вокруг меня более внимательно. И однажды сделала неожиданное открытие, что все дети, которые не слушались и задавали воспитателям и медсестрам много вопросов, переезжали чаще, чем нелюбопытные веселые ребята.

Я предупредила Катю, чтобы она не плакала иначе нас могут разлучить. Как-то на четвертый день после того как исчез Павлик, Катя попросила показать ей наш интернат. Мы решили начать с цоколя, а затем подняться наверх. Внизу размещались в основном хозяйственные помещения, мастерские, библиотека и медпункт, судя по медицинскому запаху.

Медпункт находился немного в стороне от всех других комнат и дверь его была приоткрыта. Катя, услышав аптечный запах идущий оттуда, отказалась идти на «экскурсию» и я попросила ее оставаться на месте пока я не удовлетворю свое любопытство и не загляну в приоткрытую дверь, поскольку обычно этот кабинет всегда заперт. Было время обеда и, наверное, поэтому там никого не было. Я подкралась тихонько и посмотрела в дверной проем. В кабинете было пусто, не считая каталки на которой я не сразу разглядела худое плоское тело моего друга Павлика. Он был без верхней одежды и лежал неподвижно. Я распахнула дверь и подбежав к нему, стала тормошить, пока не поняла, что он мертв. Прямо на полу возле каталки стояла большая банка с кровью, от вида которой, меня стошнило и я вылетела пулей из медпункта:

– Что с тобой, ты вся белая, – спросила Катя.

– Запах лекарств на меня так подействовал. Быстро уходим и никому не говори, что мы здесь были.

– Почему? – спросила с удивлением подружка.

– Я нечаянно разбила какую-то колбу и боюсь, что меня и тебя из-за нее накажут.

После этого мы поднялись на первый этаж. Вдруг из своего кабинета нам навстречу, вышел доктор Ло. Увидев нас, гуляющих по интернату, он добродушно спросил:

– А, ну-ка девочки, а ну красавицы, скажите-ка мне, что вы здесь делаете?

Катя опустила голову, а я сказала:

– Доктор, я к вам. Я хотела вам сказать еще два дня назад, что мой друг Павлик куда-то пропал. Он всегда ко мне на прогулке подходил и мы много с ним разговаривали и рисовали вместе, а сейчас я не вижу его даже в столовой и на уроках. А Катю я с собой взяла, чтобы показать ей, где ваш кабинет.

– Да, понимаю, но очень удивлен, что Павлик с тобой не попрощался перед тем как уехать в художественную школу зарубеж, в Венгрию. Мы уже давно отослали его рисунки туда и сейчас нам пришел ответ с приглашением для Паши. Он обещал позвонить и я его обязательно отругаю, что он так с тобой поступил. Ты сама не догадываешься почему?

– Догадываюсь, это я виновата, я поссорилась с ним накануне и сильно его обидела, потом извинилась, но он все равно был обижен на меня.

– Вот оно, что. А что же вы не поделили?

– Павлик поделился со мной своей мечтой стать известным художником, а я стала смеяться прямо ему в глаза и говорить, что он рисует как курица лапой, – говорила я уже не в силах сдерживать слезы. Тогда доктор начал успокаивать меня и сказал, чтобы я не расстраивалась, а доверилась времени и оно все расставит на свои места, а мы, когда вырастим, обязательно встретимся с Павликом и помиримся. А сейчас нам надо идти во двор на уборку территории.

Теперь уже и я была напугана и в то же время полна решимости бежать, но искала другие пути для своего побега, более надежные. Однажды спустя семь месяцев, в конце марта наша воспитательница сказала, что Катю переводят в другую школу. Я видела, что за детьми всегда приезжал микроавтобус и перевозили сразу несколько человек. Я стала думать как мне пробраться в салон и уехать вместе с Катей. Подметив, как все работает, я поняла, что могу выехать из интерната только на крыше этого микроавтобуса.

Пришло время отправления. Воспитатели проводили инструктаж в дорогу своим воспитанникам и я, воспользовавшись случаем, без проблем обошла микроавтобус сзади, оттолкнулась от земли и запрыгнула на крышу. Вскоре мы выехали за железные ворота интерната и оказались в густом темном лесу, разделенном на две части ухабистой, неровной дорогой. Бус постоянно подбрасывало и наклоняло в разные стороны и на одном из поворотов меня сбросило с крыши, я вскрикнула, водитель остановился, заметил меня и пришел в ярость. Затем он и сопровождающий детей воспитатель позвонили в интернат и оттуда за мной прислали вертолет. На нем прилетел доктор Ло. Всю дорогу он молчал, а по прибытии в интернат пригласил меня в свой кабинет и спросил почему я так поступила.

– Я очень не хотела расставаться со своей подругой Катей, а она переезжала в другую школу. Вот я и решила переехать вместе с ней. Я бы потом вам позвонила, – врала я как по нотам.

– Ладно, допустим, но ты понимаешь, что если каждый ученик будет сам решать куда ему уходить и приходить, то начнется хаос, не будет дисциплины.

– Я больше не буду, – состроила я раскаяние.

– Конечно же не будешь, потому, что я тебя накажу и надолго. Ты также не будешь посещать уроки вместе со всеми, а также гулять во дворе и ходить в столовую вместе с другими детьми. Ты не сможешь больше дружить с остальными. А иначе никак!

Меня заперли в отдельной большой комнате. Там был душ, туалет, кровать, шкаф для одежды, стол и книжные полки. Теперь еду и воду мне приносили, а также книги по школьной программе, тетради, карандаши и альбомы для рисования. Мне не хватало общения с людьми, а те работники интерната, которые мне приносили продукты и вещи не произносили ни одного слова. За все время моей изоляции, доктор не приходил ко мне ни разу. Однажды, примерно, через десять месяцев я потребовала, чтобы ко мне позвали доктора Ло. Он пришел, я плакала и просила выпустить меня на волю, но в ближайшее время он не собирался этого делать.

– Тогда скажите, хотя бы, когда мне ждать вашего разрешения выйти отсюда, – спрашивала я его сквозь рыдания.

– Не знаю, время покажет, – спокойно отвечал он.

Тогда мной овладела настоящая злость и казалось, что мне уже наплевать на то, что со мной будет дальше. Я решила в отместку нарушить безжалостное спокойствие доктора. Вначале я утерла слезы, а потом глядя ему в лицо заявила:

– Вы можете держать меня здесь сколько хотите, только вам это даром не пройдет. Я знаю, что вы продаете учеников и убили Павлика, я его видела мертвого в медпункте. И обо всем этом написала в своем дневнике, который выбросила по дороге из интерната, когда ехала на крыше микроавтобуса. Рано или поздно мой дневник найдут и тогда накажут вас, не сомневайтесь.

– Коварная и неблагодарная девчонка, я быстро сделаю из тебя «человека», – сказал он и это были последние слова, которые я слышала в той комнате. Доктор сделал мне укол, и я опомнилась уже в больнице, в ужасных условиях, в сырой заплесневелой палате, оббитой зеленым войлоком, с полупрогнившим, покрытым изъеденным черным грибком пятном, прямо под моей, прибитой к полу кровати. Со временем, это пятно сыграло для меня спасительную роль: я расковыряла в нем дырочку и стала прятать туда таблетки, которые мне удавалось не проглатывать. Сначала я научилась их прятать во рту, а затем прятать в войлок. В больнице, наоборот, ко мне приходил только один доктор Ло и иногда санитар, чтобы вывести меня ночью подышать воздухом. Но это было очень редко, так как меня мало кормили, пичкали какими-то лекарствами, от которых, когда я их поначалу еще принимала, у меня кружилась голова, болело все тело и не было сил стоять на ногах. Я все время лежала или спала. Мое сознание было затуманенным и я не понимала, сон это или реальность. Однажды мне привиделся Павлик, только он был уже взрослый. Он нагнулся ко мне и прямо в ухо прошептал:

– Элла не пей таблетки, ты должна бежать отсюда, у тебя получится. Борись, не сдавайся! Я пообещала Павлику бороться.

В следующий раз, когда доктор Ло принес мне таблетки и дал запить их водой, я как всегда сделала вид будто бы я все выпила и закрыла глаза, чтобы продолжить спать. На самом деле, я дождалась пока он вышел из палаты, выплюнула пилюли в руку и спрятала под подушку. Я обратила внимание, что без таблеток чувствую себя намного лучше и могу здраво мыслить. Я стала обследовать свою комнату и входную дверь, пытаясь найти какие-то лазейки, чтобы впоследствии выбраться отсюда. Так я обнаружила пятно, ставшее тайником для выплюнутых таблеток.

Я была очень довольна, что мне удалось обхитрить Ло и теперь я могла трезво думать и вынашивать планы побега из этого жуткого места. Плохо было то, что в моей палате не было даже маленького оконца из которого я могла бы просматривать местность в которой я находилась. Того времени ночью, когда меня выводили подышать свежим воздухом, было недостаточно, чтобы во всем разобраться, к тому же ночью было очень темно. Здоровье мое оставляло желать лучшего и я чувствовала себя еще слабой и вялой и не могла гарантировать, что мне удастся на прогулке подняться высоко в воздух и перелететь в безопасное место, тем более, что я не имела понятия куда именно надо лететь. Вполне вероятно, что я бы отлетела и приземлилась бы с другой стороны больницы. За мной бы погнались охранники, и учитывая мою слабость, догнали бы меня быстро или застрелили бы меня на месте, и никто бы меня не искал. Этот план пока мне не подходил, но что-то мне подсказывало, что ждать тоже нельзя. Тогда я решила попытаться использовать свою способность менять цвет кожи, чтобы притвориться мертвой. Зная, что доктор приходит всегда в одно и тоже время, я представила себе, что я в холодном море, а оно черного цвета и мне так холодно, что я посинела от холода. Я уже начала мерзнуть по настоящему и в это время зашел доктор Ло и увидел меня посиневшую. Он взял мою руку, чтобы померить пульс, но я была холодная как жаба и он сразу отбросил мою руку с презрением в сторону. Он позвал санитара, который сразу примчался и приказал ему сегодня же ночью меня вывезти в лес и закопать. Затем доктор Ло добавил:

– Замучили птичку, а могла бы еще послужить интересам науки. Будь осторожным на дороге, проверь машину, чтобы не подвела в самый неподходящий момент, свидетели нам не нужны… – назидал доктор.

– Не впервой, все сделаю не беспокойтесь, – ответил санитар и они вышли из палаты.

Поздно ночью этот санитар, засунул меня в черный полиэтиленовый пакет и отнес в багажник машины. Мы ехали, как мне показалось, долго. За это время я продырявила ногтями,а затем разорвала пакет и ощупала темный багажник. Там лежала лопата и я представила, что именно этой лопатой будут меня зарывать в холодную осеннюю землю. Тогда мною овладела такая жажда жизни и решительность,что я поклялась себе во что бы то ни стало выжить и рассказать эту историю всему миру, ради Павлика, Кати и всех детей.

Я вцепилась в лопату, а когда машина остановилась и санитар открыл багажник, я со всей силы двинула его ручкой лопаты прямо в глаз. Он закричал от боли и присел закрывая лицо руками. Я быстро вылезла из багажника и побежала по дороге куда глаза глядят. Мне крупно повезло, что ярко светила луна и я обходила ямки, не сбиваясь с дороги. Я шла до самого рассвета, а когда стало светло, то я свернула на первую проселочную дорогу, а дальше вы знаете.

Егор первым нарушил молчание:

– Элла, у меня еще много вопросов, но сейчас самое главное перевезти тебя в надежное место и обеспечить твою охрану. Поэтому будь готова через десять минут.

12

Стрелки часов поделили механизм на две равные части левую и правую: короткая стрелка указывала на 6, а длинная на цифру 12. Было уже 18:00, а Константин еще даже не сел в машину, чтобы ехать на встречу с Рохлей. «Скажу Маше, пусть простит, задержали на работе, если она не уйдет раньше из кафе, а если уйдет, тем лучше, не буду оправдываться, было бы перед кем», – думал Константин в полушутку.

Он не спеша припарковал машину на стоянке у кафе «Две чашки» и не торопясь зашел вовнутрь. Посетителей было мало. Он вскользь прошелся взглядом по каждому из них и пришел к выводу, что Ворона уже ушла, а может быть она вообще не приходила. Он ведь ее совсем не знает. Но зато он знает себя и ему бы точно не понравилось, если бы какой-нибудь человек, который сам его пригласил, позволил бы себе опоздать больше, чем на 15 минут.

«Прости, Машка, я не прав», – подумал забегавшийся врач и заказал себе американский кофе с бриошем. Пока он ждал официанта, взор его сканировал дизайн кафе. Ему всегда нравилось смотреть программы, где из старых, заброшенных домов рождаются новые, а внутренний интерьер становится свободным от лишних стен и антиквариата в любом его виде. Его предпочтения тяготели к стеклу и внутреннему простору. Дизайн кафе «Две чашки» вполне этому соответствовал.

Принесли заказ и Константин перевел свои мысли с небес на землю. Справа от него красивая женщина о чем-то беседовала с официантом. Хрупкая брюнетка, с длинными кудрявыми волосами и ровной спиной привлекла его внимание своей грациозностью; она держалась как балерина перед выходом на сцену – волнующе и торжественно. Это отличало незнакомку от местных девушек. Именно так хирург-холостяк представлял себе любовь с первого взгляда: пришел – увидел – полюбил!

В какой-то миг, незнакомка ощутила на себе взгляд и посмотрела в его сторону. Она улыбнулась и помахала ему рукой. Константин оглянулся назад, чтобы увидеть кому она улыбалась и махала. Пока он прошелся взглядом по кафе ,чтобы понять кто бы мог быть адресатом ее жеста, фемина взяла свою чашку и без слов пересела к нему за столик.

– Буднев, *hello*! Меньше работать надо, а то скоро и себя в зеркале перестанешь узнавать! Неужели я изменилась до неузнаваемости? – спросила дама, наверняка, зная точный ответ.

– Машка? Ну прямо другой человек! – выразил удивление друг детства.

– Я уже хотела уходить, думала, что у тебя на работе срочная операция, но я рада, что мы таки встретились, Костик. Как ты вообще кроме работы живешь? Как родители? Личная жизнь?

– У меня все по-старому: родители там же и живут, я после института никуда не уехал, работаю в той же больнице, построил себе дачу там и живу с котом, вот и все новости. А как ты? Расскажи как твоя жизнь сложилась.

– Я бы многое могла тебе рассказать о себе, новостей много, но не хочется время на это тратить, да еще раз, рассказывая это, снова переживать тяжелые моменты, – ответила уклончиво Маша.

– А может быть мне со стороны эти моменты покажутся легкими, давай колись, а то не буду с тобой дружить, – пошутил Буднев.

– Ума у тебя как в школе, как классно! Ну ладно, может ты и прав, со стороны виднее! – согласилась Ворона.

– После муниципального института я поехала к маме в Италию. Осталась там подзаработать денег и встретила одного итальянца. Он долго за мной ухаживал, добивался и я таки вышла за него замуж. Пока не было детей, все шло неплохо. Но когда родилась дочь, я постепенно превратилась в домработницу и няньку и даже садовника. Моего мужа это больше чем устраивало. Для экономии денег он уволил нашу уборщицу и садовника. Мне поначалу даже нравилось быть в курсе всех дел, самой наводить порядки на вилле, но когда дочь подросла, я решила, что хватит сидеть дома, нужно устраиваться на работу и обретать финансовую независимость. Однако муж думал по-другому. Он хотел, чтобы я сидела дома и занималась семьей и бытом, а заодно как сиделка помогала его больной матери. Со временем он стал просто требовать от меня выполнения моих обязанностей, которые он сам мне вменил. Мы начали часто ссориться. Дошло до того, что он подал на развод и отсудил у меня дочку по праву материально обеспеченного. Суд разрешил мне видеться с дочерью, поэтому я привязана к чужой стране и жду этих встреч, чтобы моя девочка меня не забыла.

– Это и есть твоя тяжелая сторона жизни? – спросил Константин.

– А тебе кажется, что это легко – жить на привязи и не иметь права видеть своего ребенка когда захочешь, как все матери, рассказывать ей сказки перед сном, ходить в цирк…

– Почему ты ее не заберешь сюда? Сколько ей лет?И как ее зовут?

– Веронике шесть лет. Как по-твоему я ее заберу?

– Выйди замуж за нормального, сделай ребенку загранпаспорт (у тебя же есть ее фото), а потом полети с твоим законным мужем в Италию и привези ее сюда. Пусть тогда твой итальянец побегает. Здесь ему не прокатит отнять у матери ребенка, потому, что у него есть деньги. Пусть платит алименты на дочь если богатый. И было бы хорошо, чтобы он тебе за садовника и уборщицу тоже компенсацию дал. А моральный ущерб мы ему предъявим чуть-чуть позже, – загорелся Константин.

– Красивая сказка, но какой дурак сейчас захочет на мне жениться? Это уже не модно, а если еще и участвовать в авантюре, то даже за деньги жениха не сыскать.

– Почему сразу авантюра, деньги? Спутника жизни надо выбирать по любви.

– Буднев, не смеши! Кто в наш век интеллекта способен влюбиться с первого взгляда, да еще и срочно жениться, – улыбнулась Маша.

– Тут не вопрос в том, кто бы на тебе женился, а в том, смогла ли бы ты принять такое предложение!

– Точно, у меня их как раз столько, что моя самая большая проблема, – это выбрать, чье предложение принять. – сказала с сарказмом его одноклассница. – Конечно же, ради счастья дочери я бы пошла на все.

– … и ради своего счастья и любви, – подсказал Константин.

– Даже если бы у меня была волшебная лампа,то даже джин не смог бы в меня влюбить кого-то, – улыбнулась женщина с оттенком грусти в глазах.

– Джин не смог бы, а хирург может! – сказал хирург, и его собеседница искренне засмеялась, как в детстве, весело и беззаботно. Константин продолжил: – Ты выйдешь за меня замуж?

Лицо Маши Вороны сразу стало серьезным. В ее глазах можно было прочитать удивление и попытку прочитать в глаза собеседника, искренне ли он это говорил. Ее переполнили чувства, в первую очередь, чувство надежды вернуть себе дочь и чувство благодарности, что кто-то мог искренне войти в ее положение и предложить помощь в ситуации, которая еще полчаса назад казалась неразрешимой. Она смогла сдержать слезы, но со сверкающими глазами спросила:

– А что у меня есть выбор?

– Нет! Кстати, на счет цветов, ухаживаний, походов в кино и т.д., у нас еще будет возможность наверстать.

– Согласна! – уже без сомнений ответила она.

– Супер, тогда послезавтра жду тебя в городском ЗАГСе в 10:00 часов утра с дружкой и паспортом.

13

Ближе к Новому году пациентов в больнице прибавилось. Видимо, они решили избавиться от всех своих болезней разом и оставить их в старом году. Медсестры и врачи тоже сновали по коридорам со своими и чужими пациентами, заводя их поочередно к разным специалистам. Проходя мимо кабинета окулиста Константин столкнулся с анестезиологом;она привела на проверку зрения свою маму.

– Добрый день дорогая коллега, рад вас видеть.

– Здравствуйте, Константин Иванович, взаимно! Я заканчиваю работу в отделении, осталось два дня, и потом я перехожу на новую работу в диагностический центр.

– Как жаль, с вами было приятно работать.

– Тогда еще увидимся, мир тесен!

Оставалось еще два часа до конца работы, и Константин вышел со своего кабинета и пошел в больничную аптеку узнать какие антибиотики есть в наличии. Он заметил как из кабинета окулиста вышел парень в белом халате с заклеенным бинтовой повязкой глазом. Константин подождал пока одноглазый повернет за угол и зашел сам к окулисту.

– Коллега, извините я терпел целый день, а сейчас не в моготу: голова так болит, что просто разрывается на части. Вы не могли бы мне измерить глазное давление, а то еще прорвет глаз как у парня в белом халате, что от вас только что вышел, – схитрил хирург.

– Для вас любой каприз, Константин Иванович, устраивайтесь на кушетку, посмотрите вверх. Тот парень, кстати, – особый случай. Это – санитар из психиатрии, у них часто что-то случается. Чудом остался с глазом. А ваше давление в норме, может быть, вегетативно-сосудистая дистония вам джазу дает? Пойдите к невропатологу, а нет, так просто спазмальгончик выпейте, но в перспективе необходимо обследоваться.

– Большое спасибо, прямо сейчас пойду в аптеку.

Как и собирался, Константин пошел в аптеку и переписал названия основных антибиотиков, которые были в наличии, чтобы выписывать их больным. Что же касается санитара с травмой глаза, то косвенно, действительно, все указывало, что это мог быть тот самый работник больницы, которого травмировала Элла. С другой стороны, пострадавший, который был сегодня у окулиста работал в отделении Каца, а он едва ли похож на мучителя о котором рассказала Элла. Поэтому, Константин решил все проверить прежде чем делать какие-либо заключения или беспокоить друга-детектива.

Под предлогом дружеской беседы с коллегой, Константин направился к заведующему отделения психиатрии. Подойдя уже к его кабинету, он услышал знакомый голос медсестры. Женщина была чем-то недовольна, он прислушался:

– Борис Николаевич, вы снова меня просите выйти завтра утром после моего дежурства сегодня в ночь. У меня семья. Мне, в конце-концов, нужно отдохнуть. Да и вообще это против закона.

– Если вы хотите и дальше у нас работать, голубушка, зарубите себе на носу, что закон здесь я. Вы, наверное, забыли как меня здесь называют?

– «Закон»?

– Вот именно, «доктор Закон». Кстати, трудовые законы я тоже знаю неплохо. Поэтому, голубушка, будьте так любезны отработать еще эту смену, вы же знаете, как нам всем в отделении приходится много работать, особенно сейчас, перед Новым годом. Да, вам за дополнительную смену полагается двойная оплата, а также скоро премия. Думаю, что ваша семья только обрадуется дополнительным средствам к праздникам. Еще вопросы?

Константин не стал дожидаться ответа женщины. Он тихо вернулся в свой кабинет. «Хм…, неужели? С другой стороны, «ло» и «закон» разные вещи в пределах одного языка, а мало ли что может совпасть в разных языках, к тому же я никогда раньше не слышал, чтобы к Кацу кто-то так обращался. Еще с другой стороны, как же тогда совпадение с санитаром с пораненным глазом», – думал Константин. Он принял еще одного больного у себя в отделении и поехал домой. По дороге он остановил машину и позвонил Егору.

14

Егор принял звонок и у Константина отлегло от сердца. Он собирался рассказать другу все, что случилось за день, но тот начал первым:

– Костя, на ловца и зверь бежит… Я только сам собирался тебе позвонить и поздравить. Я знаю про вас с Рохлей и очень этому рад. Она – классная внешне и, думаю, друг не плохой.

– Ну во-первых, поскольку она – без пяти минут моя жена, то не Рохля, а госпожа Буднева. Кстати, жду тебя завтра в 10:00 утра в ЗАГСе в качестве моего свидетеля. Но я тебе не поэтому звоню. Я позвонил тебе посреди дороги…

– Ты что посреди дороги стоишь? – перебил его детектив.

– Само собой, что я съехал на обочину, но речь не о том. У меня есть новости по нашему делу, думаю, это серьезно.

– По делу и у меня есть новости. Ты можешь подъехать на наше место через 20 минут?

– Да, буду там через 15.

– До встречи.

Оба друга приехали приблизительно в одно время. По виду Сопина было понятно, что и у него новости серьезные, но он предложил Константину сначала рассказать его новости:

– Костя, ты говорил, что у тебя есть новости, валяй.

Константин рассказал ему все детали о встречах сегодня в больнице и продолжил:

– Я, конечно, не могу подозревать коллегу психиатра с которым давно знаком только за одно созвучное и то с английским языком слово, но я точно уверен в одном – искать надо и в моей больнице тоже, поскольку Элла попала под мою машину когда я утром ехал на работу. А здесь поблизости только туб. диспансер и моя областная.

– Молодец, Буднев, в логике тебе не откажешь и без работы ты никогда не останешься, отныне у тебя есть надежный тыл в виде частного сыскного бюро «Упрямые факты». Я тоже самое тебе собирался сказать насчет твоей больницы и еще то, что я показывал Элле фотографии всех пропавший детей за последние десять лет. Она узнала во многих из них тех ребят, с которыми училась в интернате, включая Павлика и Катю, которых на самом деле звали Иван Жданов и Зоя Крошина.

Потом она описала всех работников интерната и самого доктора Ло. Я перешлю тебе запись нашего разговора, чтобы ты присмотрелся у себя на работе. Также я попросил охрану записать на диктофон, то что Элла говорит во сне, если это будет иметь место.

Подводя краткий итог, прошу тебя будь осторожен везде и во всем, веди себя как всегда, но постарайся замечать каждую мелочь, которая происходит в больнице. Звони мне в любое время. Сам никуда не лезь и никого ни о чем не спрашивай.

На этом друзья расстались. Подъехав к своему дому, Константин оставил машину и сразу пошел к соседям. Виталий, Валентина и Анна встретили его как члена своей семьи:

– Костик, мы тебя ждали. Мы же волнуемся за Эллочку и надеемся, ты нам принес хорошие новости, – обратилась к соседу Валентина.

– Тогда слушайте! – подхватил позитивную ноту Константин. – Во-первых, Элла в безопасности, она очень помогает следствию и передает вам привет, особенно Анютке. Во-вторых, приглашаю вас всех завтра на 10:00 часов утра на торжественную церемонию по поводу моего бракосочетания.

– Дядя Костя, а торт будет? – спросила девочка.

– Тебе точно будет.

– А шарики?

– А что нужны?

– Да, и еще куклу красивую нужно к машине прикрепить!

– Ой, ой, ой, лучше буду холостой, – пошутил Константин.

– Костик, мы конечно, придем, спасибо за приглашение, но на ком ты женишься, на женщине-невидимке? Мы тебя ни с кем ни разу не видели, а тут сразу свадьба! Мимо моего Виталия ни одна мышь не проскочит, а тут целая невеста! – сказала Валентина.

– Друзья мои, это и для меня самого стало сюрпризом. Я попал в сети как золотая рыбка к своей собственной однокласснице. Ее зовут Мария. И так все сложилось, что вот теперь так быстро прощаюсь со свободой холостяка. Сразу прошу извинить нас с Машей, что пышной свадьбы у нас не будет пока что, но если Бог даст, мы ее организуем чуть позже, когда у Эллы дела окончательно наладятся, а мы с супругой подсобираем денег, – оправдывался Константин.

– Слушай, дружище, если тебе нужна помощь с деньгами, дай знать – мы не богатые, но помочь чем-то можем. Кстати, как твои родители отреагировали на твое решение? – спросил Говорун.

– Спасибо за предложение, но вряд ли, кроме всего прочего, у нас и времени уже нет все подготовить, даже если бы мы хотели. На счет родителей, – Константин улыбнулся, – я еще не успел им сказать. Пожелайте удачи!

15

День бракосочетания – большое событие в жизни человека и поэтому всем молодоженам обычно дают выходной день, но Константин принципиально не хотел никого на работе посвящать в свои личные дела, поэтому выходным не воспользовался, вместо этого, он попросил коллегу ортопеда подменить его на полдня, сославшись на семейные причины. К тому же, не смотря на предостережения Егора, Константин собирался пробраться в VIP-палату в психиатрическом отделении, чтобы, поискать те самые таблетки, которые прятала бедная Элла.

Сразу после росписи он отвез Машу, родителей и соседей к себе в «Цветущие сады», а сам не сказав никому о своих планах, поехал в больницу. По приезду, в первую очередь, он поблагодарил своего коллегу за взаимовыручку и пообещал прийти ему на помощь в удобное для него время. Затем он направился к кабинету анестезиолога, которая как раз собирала свои вещи.

– Как я рад, что застал вас! Я хотел поблагодарить вас за важный сигнал на счет недобросовестности Каца. Сегодня утром один наш коллега как будь-то бы повторил под копирку то, что вы говорили, – начал Константин.

– А что конкретно случилось?

– Теща, нашего коллеги в последнее время стала испытывать атаки паники, бессонницу и еще что-то там. Тогда наш коллега со своей женой, под грифом секретно доверили здоровье тещи Борису Николаевичу, а тот взял с них за лечение десять тысяч долларов. Только вдумайтесь в эту цифру! Конечно, эта бедная родственница нигде не была зарегистрирована как пациентка, а по истечению курса лечения ее выписали. Оказалось, однако, что лечение было не просто неэффективным, а состояние здоровья пациентки ухудшилось. Тогда семья бедной женщины решила обратиться к другому специалисту за альтернативной точкой зрения. В результате, у пациентки диагностировали прогрессирующую болезнь Альцгеймера, которая не излечима. Когда наш коллега вернулся к Кацу и потребовали вернуть деньги, тот отказался, и ответил: «А вы докажите!»

– Я всегда знала, что этим все и закончится! Этот Кац – самый настоящий поц!

– Но знаете, тут есть одно спасительное «но». Теща нашего коллеги под матрасом в палате, где она проходила курс лечения, оставила книгу «Старик и Пемфира» с закладкой в виде ее собственной фотографии. Если бы мы могли подтвердить, что книга действительно там, то у нашего коллеги был бы шанс доказать, что Кац и вправду лечил его тещу, а значит он мог бы вернуть семье деньги, чтобы потратить их на лечение бедной женшины, вместо того, чтобы позволить Кацу незаконно нажиться еще на ком-то.

– Вы, наверное, имеете в виду ту самую VIP-палату, о которой я вам говорила?

– Совершенно верно, – подтвердил Константин.

– Ну, что же, идемте. Мне бояться нечего, я завтра ухожу из отделения, приказ уже подписан.

По пути им встретилась та самая медсестра, во время смены которой, как она думала, больной проглотил зубной протез. Она снова была заплаканная, и они поинтересовались в чем дело и как они могут помочь, но медсестра отрицательно покачала головой и процедила сквозь слезы:

– Просто устала, надоело все. Никакие деньги не стоят тех нервов, которые каждый день оставляешь на этой работе, – сказала она и поспешила выйти из отделения, что было на руку паре «на задании».

Было как раз обеденное время и на пути им, к счастью, никто больше не встретился. Подойдя к двери «элитки», Константин толкнул дверь рукой, она была незаперта и открылась легко.

– Постойте здесь, если кто-то будет приближаться, дайте мне знать, – попросил Константин анестезиолога.

Он зашел вовнутрь и сразу узнал это место. Оно было таким, как описала его Элла. Константин заглянул под кровать и увидел там пятно на зеленом войлоке, изъеденное черным грибком. Он засунул пальцы в дырку посреди пятна и извлек оттуда десятки полурастаявших таблеток. Быстрым движением руки он перенес их в карман своего белого халата и выскочил из затхлого помещения.

– Ну, что, вы нашли то, что искали? – спросила врач.

Константин открыл настежь двери палаты из которой вместо VIP вида и запаха на анестезиолога нахлынул смрад такой силы, что у нее моментально полилась вода из носа.

– Что это? Неужели за это платили деньги!? Я ничего не понимаю, – сказала она.

– Не знаю, но это не та палата, о которой мне говорил коллега, там нет никакой книги, представляю как он расстроится. В любом случае, спасибо вам большое, за такую авантюру.

– Да, что вы, любой бы вам помог на моем месте. Что же дальше делать?

– Буду искать дальше ту палату и книгу.

Они закрыли дверь так, как она была до их прихода. Анестезиолог вернулась к себе в кабинет, чтобы закончить собирать вещи. Константин, вернувшись к себе, обнаружил, что под его кабинетом его ждал Кац.

– Константин Иванович, в следующий раз буду знать, что к вам лучше записываться по времени, чтоб не ждать у дверей, – улыбнулся заведующий психиатрическим отделением.

– Мы с коллегой как раз решили встретиться вместе пообедать. Вы давно ждете?

– Минут пять, но время – деньги, – таков закон современности!

– Слушаю вас, Борис Николаевич.

– Я пришел к вам как к специалисту, только вам, дорогой коллега, я могу доверить секреты. Я думал, что возникший у меня внезапно дискомфорт в области грудной клетки, так же быстро и пройдет, но уже третий день не проходит, а я мучаюсь, – пожаловался психиатр.

– Похоже на сердце. Может быть, вам лучше обратиться к кардиологу или, на худой конец, к терапевту?

– Я только доверяю диагнозам хирургов и патологоанатомов. Давайте-ка я вам расскажу все как было. Я пригласил к себе даму, снять стресс, так сказать, а она раздухарилась до такой степени, что не мог ее остановить. Утром, когда я проснулся и поднял левую руку, у меня внутри в области грудной клетки начало простреливать. Опущу руку, терпимо, подниму – караул!

– Ладно, раздевайтесь по пояс, будем оперировать, – пошутил врач-хирург, чтобы поддержать разговор. Он воспользовался моментом, чтобы осмотреть тело Каца на наличие родинок, татуировок, шрамов и т.д. После осмотра, диагноз был поставлен – левосторонняя невралгия.

– У вас есть «Димексид»? Если нет, можете взять в нашей аптеке. Пусть ваша жрица вас растирает и массажирует. Пару сеансов и вы как новенький! Также побольше отдыха и поменьше нагрузок, – порекомендовал хирург.

– Спасибо, что осмотрели, я ваш должник, – откланялся Борис Николаевич.

Константин выдохнул с облегчением Ему было трудно держать себя в руках. Оказывая помощь негодяю. Он вспоминал изможденное тело Эллы, которую мучил Кац. Была бы его воля, он бы вместо «Димексида» выписал бы ему крысиного яда, но Константин знал, что, хоть правосудие иногда занимает какое-то время, прежде чем оно настигнет виновного, но это обязательно случится, а дальше страшный суд Божий и не даром он называется «страшным» – там ничего не скрыть, никого не подкупить и даже каяться тогда уже поздно, ведь искреннее покаяние только дано людям тут на земле, чтобы на тот самый суд Божий явится не только с трепетом, но и надеждой…

Уже на парковке, когда Буднев брал свою Хонду, чтобы вернуться домой к своим, ему позвонил Сопин.

– Привет от старых штиблет, – произнес он.– Сегодня в полицию с повинной обратилась гражданка медсестра из психиатрического отделения вашей больницы.

– Да ты что!? Думаю, это – та медсестра, которую, я несколько часов назад видел снова заплаканную у нее же в отделении, – ответил Константин.

– А что ты делал у нее на этаже?

– Эм-м-м… Скажу, если не будешь буянить!

– Ну разве, что немножко, у тебя же сегодня праздник. Валяй!

– Я нашел ту палату, о которой говорила Элла. Не представляю как в таких условиях можно было выжить! Я нашел таблетки, которыми ее пичкали. Можешь подъехать и забрать их у меня. Заодно получишь бонус – праздничный ужин! – предложил одноклассник.

– Ням! Еду!

Константин сел в машину и завел мотор. В это время мимо него проехал Джип Каца, но за рулем сидел санитар из его отделения, тот, что с травмой глаза. Борис Николаевич был рядом на пассажирском сидении. «Да уж, видно прикрутило злодеюшку не на шутку, сидит как мешок с дерьмом» – подумал Константин. Он нажал на газ и перевел свои мысли на приятное, а именно на Марию Будневу.

16

На следующий день Константин Иванович Буднев с обручальным кольцом на безымянном пальце правой руки и в приподнятом настроении, по совету жены заехал перед работой в кондитерскую, чтобы накрыть в обеденный перерыв сладкий стол коллегам по работе по случаю его женитьбы. Войдя в больницу, он увидел странную картину. Многие врачи и медсестры кучковались в коридоре, что-то обсуждая. Он со всеми поздоровался и с тяжелыми пакетами в руках пошел к себе в кабинет. Через пару минут к нему заглянул коллега и спросил:

– Вы уже знаете?

– Нет. Что случилось?

– Вчера после работы Борису Николаевичу стало плохо и Василий повез его домой. Тут откуда ни возьмись, им вылетел на встречную полосу Камаз. У Джипа против грузовика на полной скорости шансов не было… Долго они не мучились. – рассказал новость окулист.

– А водитель Камаза?

– Скрылся.

– *Nostra vita brevis est*, – употребил латынь хирург.

– Да, наша жизнь – коротка и ее нужно прожить так, чтобы не жег позор за бесцельно прожитые дни, как говорил один герой в книге из школьной программы, – сказал окулист и пожелал Константину хорошего дня.

Константина Ивановича вызвали на консультацию в другое отделение и он смог немного отвлечься от неприятных событий. К вечеру ему позвонил Егор сказал, что анализ таблеток готов, они – нелицензионные, изготовлялись в каких-то подпольных лабораториях, и являются очень токсичными. Про Каца он уже знал. Он предположил, что доктор Ло был лишь верхушкой айсберга, а после побега Эллы в рядах преступников началась паника, она усугубилась, явкой с повинной медсестры. Вероятно, боссы Ло, решили обрубить концы. Другие сотрудники интерната и психушки, кстати, дают показания и утверждают, что ничего не знали, и их использовали в темную, а там следствие покажет.

Крайняя новость от Егора касалась Эллы: удалось расшифровать то, что она говорит во сне. Это – колыбельная, причем на греческом языке, которую, видимо, ей пела мать в детстве.

17

На дворе был август, прекрасная пора созревания фрукт и овощей. Константин смотрел в окно и любовался яблоками в своем саду. Потом он улыбнулся и позвал жену:

– Маняша, Мань, подойди сюда, пожалуйста.

– Уже тут.

Константин обнял ее за плечи и сказал:

– Дорогая, посмотри какой у нас прекрасный сад в этом году, даже сладкие персики выросли… Не зря, лето – это мой самый любимый сезон в году. Тепло, травка зеленеет, солнышко блестит, море плещет, птички курлычут…

– Ты говорил всегда, что твой любимый сезон – это осень, туман, дожди и песни ветров.

– Да, я не кривил душой. Я любил осень, когда был холостым, никому не нужным, обделенный теплом домашнего очага. Сейчас я счастлив и в сердце – любовь. Она греет душу и расцветает щедрыми садами, которые дают плоды когда? Правильно, летом! Значит я люблю именно то самое время года, то есть лето! Чтоб ты понимала, радость моя – это состояние души!

В комнату забежали два мальчика-близнеца пяти лет. Они стали возле родителей и сказали в унисон:

– Вероника просила передать, чтобы вы потарапливались, а то мы опоздаем на самолет в Афины к Элле.

– В самом деле, Витя и Кирюша правы, нам надо торопиться. Мы не можем пропустить первое выступление Эллы в цирке. К тому же Вероника давно мечтала увидеть Афинский Акрополь, – напомнила Маша Константину.

– Сказано – сделано! – согласился глава семейства и через полчаса они уже были в такси на пути в Бинский аэропорт.

Личная жизнь

1

Алекс Милкен в восьмой раз вышел от своего психолога сконфуженный и разочарованный. Ничего из того, что советовал профи ему не подходило и не помогало. Ни на такой результат рассчитывал молодой, загруженный по горло работой на стройке человек, потерявший надежду самостоятельно найти себе спутницу жизни. Все девушки с которыми он был знаком, поддерживали с Алексом отношения до того момента пока он не начинал за ними ухаживать как настоящий кавалер с цветами, музеями, выставками, театрами, влюбленными взглядами и совместными планами на будущее. Его закадычные друзья, Виктор Шарм и Роберт Рев, не очень зацикливающиеся на вопросах морали и нравственности считали, что Алекс зря тратил свое время и деньги на визиты к психологу, – ему просто нужно было выбирать себе других девушек, а не копаться в себе самом, или вообще пустить все на самотек, а судьба потом все устроит.

Одно время Виктор так проникся проблемами друга, что забросил свою основную работу консультанта-айтишника в уважаемой фирме и целыми днями сканировал интернет пространство, чтобы найти для Алекса хороший тур в красивые страны, подальше от его сердечных проблем, словом в другую жизнь. Роберт тоже, как свободный художник, убеждал друга в необходимости поменять обстановку и в готовности его поддержать и даже составить ему компанию.

Алекс подумал, о том, что его друзья были правы и нужно ему самому выстраивать тактики и стратегии своей личной жизни. Он поспешил в бар «Три горы», где обычно после работы они втроем встречались за кружкой пива.

– Кого мы видим, муравейников строитель! – радостно воскликнули друзья в унисон.

– Мне тоже не хватало вас, шалопаев! – ответил Алекс.

Он признался Виктору и Роберту, что он немного подустал и с удовольствием рванул бы куда-нибудь отдохнуть, но только вместе с ними, чтобы наверстать упущенное в общении время. Куда именно поехать решили искать все трое, а потом выбрать более подходящий вариант или в случае равнозначных туров, потянуть жребий.

Через неделю Роберт предложил путевку со скидкой в Скандинавские страны или на Балканы. Алекс предложил поездку в Доминиканскую Республику, а Виктор наткнулся в интернете на какое-то промо в не совсем еще проторенное туристическое направление по странам Центральной Америки. Его выбор пал на самую маленькую из них, Амазию, после того как он прочитал, что это страна-заповедник, она омывается Карибским морем и Тихим океаном, что все больше и больше привлекает любителей дайвинга со всего мира; в состав Амазии входят множество островов, которые можно посетить в придачу к материковой части страны.

– Чистые и спокойные воды – главный аргумент в пользу моего предложения, – сказал Виктор.

– Логично. Скандинавские страны зимой – это вообще не вариант, – выразил свое мнение Алекс.

– Мне все равно: мне солнца не надо, мне дружба награда, мне денег не надо, работу давай! – пошутил Роберт.

Тогда предлагаю, бросить жребий: короткая спичка – едим в Доминиканскую Республику, а длинная – в Амазию. Пусть жребий определит наш путь! – торжественно произнес Алекс.

2

Аэропорт Луры, столицы Амазии гостеприимно встретил друзей хорошим сервисом и теплыми улыбками. Быстрое такси доставило туристов ко входу в фойе многоэтажного стеклянного отеля «Колумбус», где собралось уже немало людей в ожидании носильщиков багажа, чтобы проследовать за ними в свои апартаменты.

Алекс, Виктор и Роберт приехали на отдых только с ручной кладью, поэтому после регистрации на ресепшене, они быстро без тяжелых чемоданов отправились в свой номер, где они привели себя в порядок и без промедления вышли в шумный город посмотреть на уличные концерты с танцами, играми и театральными выступлениями, которые проходят каждый год перед Рождеством,так как с декабря по март здесь стоит теплая погода без осадков – благоприятный период, в который нужно успеть все до начала сезона дождей с апреля по ноябрь.

Приятным открытием для друзей стало то, что в єтой стране можно было услышать не только испанскую речь. Речь с разных «уголков» мира здесь журчала как ручеек, создавая уют для каждого иностранца приехавшего в Луру. Из всех же испанских слов, которые они услышали за день легче всего было запомнить «*pura vida*», поскольку это словосочетание использовали часто. В дословном переводе с испанского оно означает «чистая жизнь», но какой смысл вкладывали в эту фразу местные жители пока было не совсем ясно.

Несмотря на то, что три друга перенесли семичасовой перелет, недосыпание и недоедание в дороге, усталости никто из них не чувствовал. Скорее наоборот, новый воздух незнакомой страны и необычно медленно идущее здесь время, действовали ободряюще на всех приехавших сюда людей, независимо от возраста и пола. Это было на руку туристам, желающим посетить как можно больше мест и экскурсий. Недостатка в достопримечательностях не было. Туристов завлекали походами в заповедники с редкими животными и растениями, посещением зоопарков, действующих вулканов, визитами на ферму бабочек, экскурсиями к горным водопадам, а также предлагали посмотреть многочисленные музеи посвященные местному фольклору, религии, ковбоям, золоту, доколумбовому периоду и т.д., и т.п.

Друзья решили начать с пригорода столицы и с утра пораньше отправились на экскурсию в «Серый город» в сопровождении местного гида Энрике. Он рассказал, что все дома этого города красят в светло-серый цвет извести, которую здесь добывают, а в период дождей дымчатый цвет домов сливается с хмуростью дождевых облаков и тогда все вокруг словно облачается в плотный серый туман, сквозь который видны как бы повисшие в воздухе сами по себе светящиеся электрическими лампочками окна.

В нескольких километрах отсюда их ждал другой городок под названием Тортуга, что в переводе значит «черепаха». Поскольку это был сугубо рыбацкий поселок, то запах рыбы перебивал здесь все остальные запахи, в том числе и запахи цветов, ресторанов и моря, шумевшего в двух шагах от города.

– Милое местечко… я сейчас вырву… – сказал Роберт.

– Хм… люди здесь ходят как в замедленных съемках в кино. По крайней мере, название соответствует ритму их жизни. Люблю, когда все логично и название соответствует содержанию. – заметил Виктор.

– Этот ритм, а точнее, стиль жизни, называется *pura vida*, – объяснил Энрике. – То есть, никто никуда и никогда не торопится. Может быть, это и есть один из секретов долголетия наших граждан как считают они сами.

– В принципе это соответствует и нашей пословице «тише едешь – дальше будешь», – сказал Алекс, – только это никого из наших граждан не сдерживает, к сожалению.

Подчиняясь принципу *pura vida* от запланированной еще одной экскурсии в третий город ребята в этот день отказались в пользу отдыха на океане.

На следующий день, не спеша, они отправились в национальный парк на встречу с тропическими насекомыми, редкими животными и пестрыми попугаями. Изюминкой их поездки стали красивые водопады, ниспадающие с высоких гор в аметистовые озера, которым приписывают самые разные свойства, вплоть до вечной молодости, если искупаться в них с головой.

3

К вечеру ноги подавали сигнал, что они устали, а тело , что ему жарко и поэтому трое туристов приняли решение вернуться к остановке туристического автобуса коротким путем через кофейные плантации. По дороге они заметили тоненькую тропку сворачивающую направо с дороги и ведущую к небольшому бирюзовому озерцу.

Алекс, Виктор и Роберт свернули туда и плюхнулись сразу в воду. Алекс вышел на берег первым и огляделся по сторонам. Стояла относительная тишина, поквакивали лягушки, почирикивали птички и не обращая ни на кого внимания, развалились на нагретых за день камнях желто-черные и зеленые рептилии. Алекс взял фотоаппарат и стал щелкать натуральные пейзажи. Сфотографировал он и плескавшихся в воде, как детей, Роберта и Виктора.

Затем его внимание привлек метрах в трехста от него внезапно налетевший откуда-то тонкий торнадо или просто вихрь. Он кружился в волчке как фигурист на ледовом поле крутится под звуки музыки и аплодисменты зрителей, а затем оторвался от земли и скрылся высоко за облаками. Алекс зачаровался танцем этого ветра однако не растерялся и сфотографировал его, чтобы показать потом друзьям.

За ужином Алекс спросил видел ли Виктор с Робертом торнадо, который кружился на берегу озера в котором они купались. Те ответили,что не видели. Тогда Алекс взял фотоаппарат и стал показывать все, что он нащелкал пока те были в воде.

– Там было все: змеи, лягушки, комары, птицы, Виктор с Робертом, все, кроме торнадо.

– Постой-ка, Алекс, это что же мы купались, а рядом с нами квакали огромные лягушки и лежали десятки змей? Как же так мы их не видели? – недоумевали парни.

– Нет, знаете, это были лечебные пиявки и стрекочущие головастики, не верьте своим глазам! – успокоил их шуткой друг. – Посмотрите лучше сюда! Вот это объяснить я не могу…

Алекс протянул друзьям кадр в фотоаппарате, где недалеко от них возле озера танцевала молодая девушка. Она была очень милой и светловолосой, одетой в длинное легкое платье с блестками, которые обычно носят женщины на морских курортах.

– Ее там не было! На этом месте я видел кружащийся вихрь, а потом он улетел, – убеждал больше себя, чем своих друзей Алекс.

Виктор и Роберт посмотрели на девушку и присвистнули.

– Алекс, как шесть пар глаз могли пропустить такую красоту? Может бедняжка сбилась с пути и хотела,чтоб мы ей помогли, а ты гадюк фотографировал и к птичкам прислушивался – будем исправляться!

Вечером, ближе к 11-ти часам, Виктор предложил пойти на дискотеку.

Веселая живая латиноамериканская музыка не давала скучать никому. Она подхватывала загоревшие красивые тела из-за столиков и заставляла их двигаться в такт нотам, создавая атмосферу радости и счастья. Алекс, Виктор и

Роберт были высокими стройными шатенами, с голубыми и серыми глазами, белой кожей, красивой улыбкой и сдержанными манерами поведения, 38 лет от роду. В глазах местных красавиц они, скорее всего, были привлекательными гринго с далекой незнакомой страны, поэтому их без конца приглашали танцевать.

Алексу удалось отвертеться, сославшись на то, что он, якобы, ждет подругу, а Виктор и Роберт плясали до седьмого пота с неустанными дивами, подбегая иногда к своему столику, чтобы зарядиться очередным коктейлем и дальше танцевать до упаду. В какое-то мгновение музыка остановилась и конферансье представил новую исполнительницу лирической песни о любви. Девушка запела приятным нежным голосом душевную мелодию и в зале перестроились на медленный танец. Алекс не отрывал от певицы своего взгляда. Он узнал в ней ту самую девушку, которая попала в объектив его фотоаппарата у озера. Улучив удобный момент, когда она сойдет со сцены, Алекс предложил девушке, что-нибудь выпить.

– С удовольствием, лимонад, пожалуйста, – сказала певица.

– Меня зовут Алекс.

– Лола.

– Очень приятно, Лола. Мы сегодня с вами уже виделись на озере, то есть я вас видел на снимке моего фотоаппарата, как ни странно, – сказал Алекс.

– Почему вы так говорите?

– Потому, что на том месте, где стояли вы я видел и фотографировал изящный торнадо, но потом вместо него на изображении оказались вы.

– Вы разочарованы, наверное.

– Нет, что вы, наоборот я рад и я надеюсь вы не откажитесь еще встретиться со мной, я был бы счастлив познакомиться с вами поближе. Вы, кстати, не похожи на местную девушку. Откуда вы?

– Вообще-то я – коренная амазийка. Мои предки были основателями этой страны. А вы с каких мест, Алекс?

– Мы с друзьями на отдыхе приехали с Бензли.

– Хотите заказать мне песню, я могу спеть для вас, даже на вашем языке?

– Было бы здорово если бы вы исполнили «*Stay by me*», знаете такую?

– Да.

Лола прошла на сцену села за рояль и спела песню для Алекса, а затем заиграла быстрая эстрадная музыка и девушка бесследно исчезла.

4

Проходили дни. Друзья прекрасно совмещали свой отдых на морском побережье с познавательными экскурсиями и турами. Временами они посещали горячие источники, купались в термальных водах и арендовали катер, чтобы понырять в море, увидеть коралловые рифы, а также других прекрасных обитателей морей.

С того дня,как Алекс впервые увидел Лолу, где бы он с друзьями не находился, он везде надеялся увидеть девушку вновь. Однажды ему повезло. В кафе, куда они зашли выпить кофе, сидела Лола. Она разговаривала с подругой.

– Здравствуйте, Лола! Как ваши дела? Вы тогда так быстро ушли, что я даже не успел спросить номер вашего телефона, – обратился к ней Алекс, как к старой знакомой.

– Простите, мы с вами знакомы? – удивилась Лола. – Я не припоминаю.

– Два дня назад на дискотеке вы пели песню «*Stay by me*», помните?

– Лола, ты что поешь? – удивилась ее подруга.

– Вы с кем-то меня путаете, молодой человек, мне жаль, – сказала Лола, поднялась с места и вместе с подругой покинула кафе.

Виктор и Роберт только пожали плечами, а Алекс произнес: – Я должен ее найти и еще раз поговорить, даже если мне придется остаться здесь еще на неделю.

– Алекс, это не входило в наши планы и тебя одного мы тоже здесь не оставим, – заявил Роберт.

– Кстати, – начал Виктор, хоть это и совсем не было связано с разговором, – сегодня прочитал в одном буклете, что здешние места известны не только своей природой и культурой, но и тем, что острова прилегающие к Амазии, вероятно скрывают сокровища пиратов. По местной легенде, один из островов, на который чаще всего прибывали пираты, чтобы пополнить запасы пресной воды, древесины для ремонта кораблей, а также чтобы поделить награбленное, до сих пор таит в себе секреты не найденных кладов и зарытых драгоценностей. На этот остров есть экскурсии, а желающие могут даже приобрести металлоискатели, лопаты, лебедки и прочий инвентарь, чтобы попытать свое счастье.

Говорят,что в прошлом году кто-то даже нашел несколько старых испанских золотых монет. Кроме искателей кладов, прочее население острова составляют коты, дикие свиньи, крысы и виргинские олени.

Друзья решили не отставать от жизни и принять участие в экскурсии на «остров сокровищ». Они примкнули к группе из семи человек, вооруженными тяжелыми сумками и спреями от комаров и поплыли к местам пиратской славы. Алекс, как внимательный человек, обратил внимание на то, что все кладоискатели попарно знакомы, они общались друг с другом и только одна девушка одиноко разглядывала по сторонам и иногда останавливала свой взгляд на нем и порой их взгляды встречались. Алекса она не интересовала, впрочем, скорее всего, как и он ее.

Наконец их судно причалило к острову и сопровождающий их гид принялся описывать историю этого участка суши. Остров, как оказалось, образовался в результате извержения вулкана, затем разлившаяся лава застыла над поверхностью океана, сформировав небольшой кусочек твердой поверхности. Со временем здесь появились особые виды грибов, плесени и мхов; остров оброс своим растительным миром, в котором появились животные.

– Алекс, – позвала девушка, ехавшая вместе с ними на остров.

Он оглянулся и увидел, что она стоит в сторонке и подзывает его рукой подойти к ней поближе.

– Да? – отозвался молодой человек.

– Вы по-прежнему ищите Лолу?

– Откуда вы это знаете?

– Я знаю как ее найти, чтобы она сама вам сказала, что ее искать не нужно. Она не для вас.

– Кто вы такая, чтобы мне это говорить? – возмутился влюбленный.

– Она очень не хочет, чтобы вы оставались в этой стране и тратили ваше время на ее поиски. Это вам не даст результата.

– Ладно, тогда просто отведите меня к ней и пусть она сама мне все объяснит.

– При одном условии,что вы мне полностью доверитесь и пока не будете задавать никаких вопросов, что бы не показалось вам странным. Вы согласны?

– Согласен.

Незнакомка отвела его в сторону на песочную лужайку, взяла за руки и начала кружиться вместе с ним все быстрее и быстрее, пока их ноги не оторвались от земли, и вихрь не отнес их через море куда-то далеко-далеко. В мгновение ока они снова оказались на твердой поверхности, и только тогда девушка отпустила его руки.

Она указала ему на узенькую тропинку, ведущую вглубь территории. Он шагнул на нее первый и пошел вперед. По обе стороны дорожки росли красивые цветы и травы, которые то и дело щекотали Алексу ноги не прикрытые шортами. Наконец тропинка вывела их к огромному дереву. В сени его широких, круглых листьев прятались целые полчища яркоперых певчих птиц. Из зарослей им на встречу стали выходить разные звери: львы, тигры, зебры, зайцы… Алекс задрожал от страха, но девушка успокоила его и призналась, что все животные на этом острове особенные, они не хищные, едят траву и не кусаются. К этому времени к нему успел подойти лев. Он потерся своей гривой о руку Алекса, а затем медленно стал удаляться обратно в чащу.

– Я не верю своим глазам, – сказал Алекс.

– Как же ты тогда поверишь своим ушам, когда Лола все тебе расскажет?

– Где она?

– Она здесь, это я! Не спеши с выводами, дослушай до конца, – сказала Лола. – Ты сейчас на особенном острове. Люди о нем не знают, но из поколения в поколение они передают своим наследникам знания, которые зародились здесь. Они верят, что если люди будут придерживаться кодекса добра, не идти на поводу своих плотских желаний, не причинять боли никому в мире, в котором они живут, то однажды они попадут на особенный остров, где не будет ни слез, ни болезней, а только «*pura vida*». Ты кроме меня здесь никого не увидел, правда?

– Видел птиц и зверей.

– На самом деле здесь полно таких же созданий как я, только они в данный момент безтелые. Я временно заняла тело девушки, которую ты видишь перед собой, а раньше я была с Лолой.

– А эта девушка, она знает, что ты «используешь ее»? Как ты это делаешь?

– Все происходит когда люди зевают. Они наш контакт не чувствуют,их сознание спит, а когда проснется, то не будет помнить ничего, что с ними было за это короткое время. Сейчас мне надо тоже спешить, чтобы девушку надолго не отрывать от ее дел. Мы никому не причиняем вреда. Тебе, Алекс, я тоже помогу устроить твою жизнь , найти только твою девушку. Ты ее сразу узнаешь. Сердце тебе укажет на нее. А меня ты забудешь и все, что ты здесь видел и слышал.

– На счет «забудешь» – не уверен, а вот поверит ли мне кто-нибудь – вопрос.

– Мы возвращаемся!

– Алекс! Алекс, где же тебя носит? – искали друга Виктор и Роберт.

– Да здесь я,отошел по нужде,-сказал выходящий из кустов Алекс

– Это что надо было съесть! Мы с Робертом целый час тебя ищем!

– Это точно, хоть и в другой стороне, – подтвердил Роберт.

– Извиняюсь, просто « зачитался», виноват!

5

– Привет, как дела? – спросил Виктор по телефону. Что делаешь сегодня вечером?

– Еще не решил, – ответил Алекс.

– Тогда мы с Робертом и с тобой идем сегодня на день рождения к моей кузине, – поставил друга перед фактом Виктор.

– Меня тоже пригласили? – поинтересовался Алекс.

– Так точно, а подарок с Робертом мы приготовили от нас троих. Твоя часть – цветы. К стати, она любит розы! – уточнил Виктор.

– Пожалуй, я лучше не пойду, все таки день рождения семейный, твоя кузина, зачем там я? – засомневался Алекс.

– Ну как зачем? Глупый вопрос, у них там, как говорится, своя свадьба, а у нас своя! Мы же всегда вместе!

– Ладно, ждите меня у входа!

Алекс приехал на такси с огромным букетом кремовых роз и был встречен у входа, как и договаривались. Друзья подвели его к кузине Виктора и представили:

– Знакомься, Лилия – это наш друг Алекс.

– Рада, вас видеть, кузен много мне рассказывал о своих друзьях детства. Идемте в дом, скоро будем начинать, – сказала Лилия обращаясь ко всем гостям.

Алекс зашел в большой светлый дом увешанный разными картинами. Одна резко бросилась ему в глаза. Он подошел поближе к стене на которой она висела. Там было изображено большое ветвистое дерево с широкими круглыми листьями, за которыми собралось много разноцветных птиц. У подножия дерева лежал лохматый лев, а рядом с ним щипал траву серый заяц.

– Вам нравится картина? – спросила Лилия.

– Откуда она у вас?

– О, это старая вещь, родителям досталась по наследству от их родителей и т.д. – ответила Лилия.

– Мне кажется я ее уже где-то видел, она мне какая-то родная, – с улыбкой сказал Алекс.

– Да так бывает и с людьми тоже… Иногда ты знаешь человека два часа, а у тебя такое чувство, как будто бы ты его знаешь уже два года. Дежавю, своего рода. Это относится и к вам тоже. Мне сразу показалось, что я как будто с вами уже знакома. Хотите перейдем на «ты»?

– Да, конечно, – ответил Алекс и крепко взял Лилию за руку.

Заметки читателя

www.ingramcontent.com/pod-product-compliance
Lightning Source LLC
Chambersburg PA
CBHW070355200726
48294CB00003B/916

9781989531587